嵐の湯へようこそ！

JN250300

松尾由美

角川文庫
22953

プロローグ

坂道を、ゆっくりと、ひとつの姿がのぼってゆく。

ふくよかな体を普段着らしいワンピースにつつみ、片手に同じようにふくらんだ手提げ袋。もう片方の手では杖《つえ》をついている。

前のめりの姿勢から年配だとわかるが、足どりはしっかりしていて、杖はあくまで念のためなのだろう。それでもあとから来た別の姿が追いつくのに苦労はなく、

「こんにちは」

「あら、こんにちは」

「今日はお天気だと思ったら、また曇ってきたわね」

こちらも年配の女性だが、最初の人より少し若そうだ。体つきはやせていて、服装

は動きやすそうなズボンとブラウス。白い髪をおかっぱにし、姿勢よくのばした胸に風呂敷《ふろしき》包みを抱えている。

「洗濯物を干したままだけど、大丈夫かしら」

「雨にはならないでしょうよ。ここへ来る時はよく『曇ってきたな』と思うけど、帰ってみると案外晴れているから」

「ここだけ曇ってるなんてことは、まさかないはずだけど」

やせた女性のほうが冗談っぽく言うと、

「あと、風もね」ふくよかな女性のほうはまじめな顔で、「朝晩にはよく、この丘のほうからびゅうびゅう聞こえてくるでしょう？」

「風の通り道っていうやつかしら」

「それでいて、わたしらが出かけてくるころには、だいたいこうしておさまっているから不思議よね」

「そういえばたしかに――」

「あそこのご主人がいたころは」杖を持った手で、坂道の上のほうを指し、「あの人の人徳かしらなんて、よく言ったものだけど」

「そんなはずはないけど」もうひとりはおかっぱの髪を揺らして空を見上げ、「でも何だか、そう言いたくなるところはあったわね」

「あの人がいてくれたらねえ」

ふくよかな女性が小さくため息をついたのは、上り坂のせいだけではなさそうだ。

「今だって、何やかや、相談したいことがあったのに」

「あの人がああなったのは残念だったわね」

「そう、ほんとに。どうなるのかしら、これから」

言い合っているところに足音が聞こえ、二人がふり返ると、やはり高齢の男性がみるみるうちに追いついてくる。

「あら、こんにちは」

「今、話してたのよ。これからどうなるのかしらって。あそこのご主人がいなくなって」

長身の男性は、つかのま並んで歩きながら、二人の顔をつくづくと見て、

「何も知らんくせに！」

ばかにしたように言い放つと、追い越して、どんどん先へ進んでいった。

「まあ、何なんでしょうね。あんな言い方をしなくても」

「悪い人じゃないんだけど。でも、ほら、いつだったか——」

なおも語り合う二人が道のなかばにさしかかるころには、うしろに老人たちの姿が増えている。ひとりずつ、あるいは二人で話しながら、同じようなペースでゆるい坂

をのぼってゆく。

「さてと、あとひと息」

やせた女性のほうが、風呂敷包みを(丸く平たい形で、大きな深皿めいたものが入っているらしい)大事な捧《ささ》げもののように抱え直すあいだ、二人ともちょっと立ちどまって道の果てを見る。

さっき追い越していった男性が、ちょうど建物の入口をぐるところ。

小さな丘の上にそびえているそれは、風変わりな建物だった。

全体が黒々として、大屋根は翼をひろげたように、高い煙突はのばした首で、空に向かって咆吼《ほうこう》しているように見えなくもない。

朝晩には不思議な風が吹くという丘で、主人を失った今も、高齢者たちを吸い寄せるようにひきつけている、そこは――

1

どこかで小鳥の鳴く声がした。

まだ強い、けれどもはっきり秋を感じさせる陽射しが木立ごしに肩に落ちてきて、小道の端の草を風がそっと揺らす。

いいところだ、とわたしは思う。ずっと前から母が、数年前からは父も、ここで眠っていることを示す灰色の石をながめながら。

「どうしたらいいのかな、お母さん」

心の中でそう言ったのは、今日が母の命日だから。

両親がもし生きていたとして、今、わたしが抱えているような問題には、父のほうが具体的なアドバイスをくれただろうと思う。

とはいうものの、ここまで八方ふさがりだと、「具体的なアドバイス」なんてものがどのくらい役に立つかわからないのも事実なのだ。

「きっと何とかなるわよ」という母の言葉、子供のころのわたしによく言ってくれた言葉のほうが、何の裏づけもないとしても、今のわたしが求めているものなのかもしれない――

コロコロコロ、と小鳥はまだ鳴いていた。「小鳥の声」を絵に描いたような、いやそれはおかしいか、音声サンプルにしたようなかわいらしい声。

その声を聞くともなしに聞きながら、わたしはひとつため息をついて、

「たぶん何とかなると思う」

母のかわりに自分で、また心の中で言ってから、

「じゃあね、お母さん。また来るね」

声に出してそうつぶやくと、墓地の入口に向かって歩き出した。

わたしの影が、何も言わずに、わたしのあとからついてくる。

小鳥の声もわたしを追いかけてくるような気がしたけれど、そんなはずはなく、あたりが静かなのでよく響くだけなのだろう。

別の声――「ギィーン」と長く尾を引く声も聞こえる。高いところから聞こえるから鳥なのだろうが、金属的というか、さっきの声とは対照的にあまり鳥っぽくないし、かわいらしくもない。

入口にさしかかった時、たまたま見上げた木のてっぺんに小鳥のシルエットがあり、くちばしを開いた姿から、コロコロコロと鳴いているのがその鳥だとわかった。それだけ

でなく、つづけて聞こえた「ギィーン」のほうも、同じ鳥が出している声なのだとわかってびっくりした。

一世紀の四分の一も生きていても、知らないことはたくさんあるんだな。などとあらためて思いながら見ていたら、

「カワラヒワですね」

すぐそばから男の人の声が聞こえ、わたしはびっくりして何歩かあとずさり、自分の影を踏みそうになってしまった。

「あ、失礼しました。いきなり声をかけたりして」

低音で渋い、けれどもまだ若い声の主は、やや長めの真黒な髪をうしろになでつけ、濃紺のスーツを着こなした、声に劣らずかっこいい人。

「佐《さ》久《く》間《ま》静子《しずこ》さんのお嬢さんですよね？　旧姓赤木《あかぎ》静子さんの」

「えっ？」

たしかに、それが母の名前だけれど――

「今日はご命日ですから、ここへ来ればお会いできるかと思いまして。わたしはこういう者です」

差し出した名刺には、「城戸《きど》法律事務所　助手　倉石透《くらいしとおる》」とある。

「わたくしどもの所長、弁護士の城戸が、ぜひお目にかかりたいと。大事なお話があ

りますので」

「それをご説明するために、事務所のほうへご同道いただければ」

「大事なお話？」

ととのった顔立ちは甘くはなく、どちらかといえば冷たい感じ。わたしより少し年上だろうか。声はおだやかで態度もあくまでていねいだが、いっぽうで有無を言わせないみたいなところもある。

「あの——これからですか？」

わたしは当然ながらためらったが、

「さしつかえなければ、ぜひ。近くに車を停めてありますので。もちろん、お二人とも」

倉石という男の人はわたしの背後をのぞきこむようにし、わたしはふり返って妹の顔を見た。

さっきからずっとそこにいた——わたしのうしろにぴったりくっついていたのだ。わたしの身長も横幅も特に平均を上回るわけではないのだが、人一倍小柄できゃしゃな妹は、そんなふうにしているとすっぽり隠れてしまう。

家の外ではいつもそう、その位置から決して出てこず、ほとんどしゃべることもない。

「外にいる時のわたしは、莉央《りお》ちゃんの影」と、妹自身が言う。それがいい、できればそういう形でしか出歩きたくないくらいだと。

人見知り、という言葉はよく聞くけれど、妹の場合はその度合いが少々なみはずれているのだと思う。

名前は紗央《さお》という。佐久間紗央。わたしより六歳下の十九歳。


結局、紗央とわたしは倉石さんの車に乗った。

あやしい話ではなさそうだと判断した——その前に倉石さんが事務所に電話し、所長の城戸先生（女の人）と話をさせてくれ、その先生がいかにも弁護士らしい口調でわたしたちの母のことを言い、大事な話があるとくり返したので。

黒っぽい車がすべるように走っているあいだ、運転席の倉石さんはほとんどしゃべらず、かたわらの紗央はもちろん黙っている——いつも以上に警戒心をあらわにし、わたしのちょっとした問いかけにも答えないので、わたしはここしばらくの「八方ふさがり」の状況について思いをめぐらせた。

わたしたちの父が病死したのは三年前。経営していた小さな会社が倒産し、背負った借金をどうにか返済した直後のことだった。

わたしが大学を卒業し、いわゆる社会人の第一歩をふみだした時には、両親も、家も、もちろん親の遺産もなく、就職した会社の（それほどではない）給料で、自分と妹の暮らしをまかなうことになった。

その時十六歳だった紗央は、小さい時からちょっと特別な子だった。文字や計算をおぼえるのが早いいっぽうで、ひどくのみこみが悪い時もある。人見知りが激しく、知らない場所に行きたがらない。父が家族旅行を計画し、わたしは楽しみにしていたのに、紗央がいやだと泣いて結局中止になったり。

小学校の六年間を通じて友達はできず、中学では不登校になり、どうにか入った高校もすぐにやめてしまった。

不登校になったきっかけは、二年生のクラスで起こった事件——といってもごくささやかな、誰かの持ち物がなくなったとかそういうやつらしい。

その事件の中で、くわしくはわからないが、紗央が何かの役割を果たしたらしい。被害者でも犯人でも、また証人でもないというのだけれど。

そしてその結果、一番悪いはずの犯人以上に紗央が煙たがられ、陰口をいわれるようになってしまったという。

原因はたぶん、もともとのクラス内での立ち位置みたいなものなのだろう。頭はいいけれどクラス委員をやるようなタイプではなく、いわゆる女の子らしい性格ではないものの、男の子たちと気が合うわけでもない。

同級生たちからすれば「面倒くさい変わり者」だったにちがいないが、見た感じは、ここまでの説明を聞いた人が想像するのとはたぶんちがう。

まず、子供っぽい。小柄なせいもあって、中学の時は小学生にしか見えず、十九歳の今も十五歳くらいにしか見えない。

そして、かわいい。美少女といってもいいけれど、つんとすましたタイプではなく、丸顔で愛らしい。

ほほえめば天使のように見えたかもしれないが、そんなことはめったにない——長年いっしょに暮らしてきた実の姉でも、「見た」というたしかな記憶はない。といって不機嫌そうというわけでもなくて、表情の変化がごくわずかなのだ。

それでもやや茶色っぽい長い髪のあいだから、つぶらな目でこちらを見上げたりすると、子犬みたいな独特の愛らしさがあり、かわいいな——とわたしは心から思う。

それと同時に、「母に似ている」とも。わたしが八歳の時に亡くなった母は、丸顔で愛らしい、きれいな人だったのだ。

とはいえ性格的には大ちがい、母はやさしくおだやかな人だった（わたしがまだ小さかったから、そういう顔しか見せなかったのかもしれない）けれど、紗央は狷介《けんかい》というか用心深いというか。

服装はだいたい天然素材のワンピースだが、その下に補強材の入ったコルセットをつけている。ビスチェというのだろうか、ブラジャーと一体になった、腰のすぐ上まであるやつ。

本来は体形補正のための品で、小柄できゃしゃな紗央には必要も、また効果もないもの。にもかかわらずそれをつけるのは「鎧《よろい》みたい」で「安心する」からだという。

もちろん「敵が襲ってくる」とか本気で思っていたわけではなく、「世界は悪意に満ちた場所」くらいのことを漠然と考え、象徴的な意味でそうしているのだと思う。

たぶん同じ理由から、出かける時の足元は安全靴みたいなごついエンジニアブーツ。本人の風貌《ふうぼう》やワンピースとはミスマッチの、逆に独特の調和がとれているような。

そんな妹と古いアパートで暮らしながら、わたしは会社に通い、紗央はもっぱら家にいて家事を引き受けていた。

紗央が不登校になったころ、父は学校へ行くよう無理じいはせず、その代わりといって条件を出した。たくさんの本――幅広くいろいろな本を読むことと、もうひとつ、そのころ週に三度来てくれていた家政婦さんから家事の手ほどきを受けるようにということ。

当時大学生だったわたしは、家にいて本を読んだり料理や掃除を習ったりなんて気楽だなと思い、父が紗央に甘いのではと思ったりした。自分の中学時代をふりかえれば、楽しいこともちろんあったものの、そうでないこともそれなりに多かったから。

そんな経緯から紗央の家事能力は上達、うちの経済状態が変わって家政婦さんを頼む余裕などなくなってからは、大半のことを紗央が引き受けるようになり、そのまま現在にいたっている。

特に料理は上手で、お金をつかわずにおいしいものを作るこつも心得ていた。

今住んでいるアパートにはベランダがないのでベランダ園芸はできないが、窓の手すりのところに板を敷いてプランターを置き、ミニトマトを育て、それを干してドライトマトにするとか。

早朝に公園や土手を散歩して食べられる野草を収穫、お浸しや和《あ》え物、天ぷらにするとか。

大家のおばあさんはわたしたちのそんな生活ぶりを知っていて、もらいものの海苔《のり》や缶詰をくれたり、「困った時は少しくらい家賃を待ってあげても」とほのめかしたりもした。その点では厚意に甘えることはなく、毎月ちゃんと支払いをしていたけれど。

だが、この夏に、わたしの勤める会社が経営を縮小、いくつかの部署が丸ごと削られることになった。来月からは、わたしの所属する部署も。

今やっている仕事（技術資料の翻訳）を外注として回すことはできると言われたものの、そうなると収入は激減する——今は雑用もいろいろとやり、それも含めて「月給」を貰っているからだ。何とか同じような社員の口を見つけたいのだが、そうそううまくいく見通しもなく——

そんな折も折、大家のおばあさんが施設に入り、アパートの経営をひきついだ甥《おい》は（それが当たり前なのだが）「困った時は少しくらい」なんて言ってくれるような人ではなかった。

早い話が、今すぐとはいわないものの遠からぬ将来、妹ともども路頭に迷ってしまいかねない。

そういうさしせまった危機に加えて、二か月ほど前、つきあっていた彼と別れてしまったことも尾を引いていた。

両親の墓前でわたしにため息をつかせたのは、こうしたもろもろの事情だったのだ。

「伯父《おじ》さん、ですか？　わたしたちの？」

インテリアは焦げ茶色で統一され、調度類も実用一点張りというよりはややクラシカルで優雅なおもむきがある。そんな事務所で、わたしは聞いたばかりの言葉をくり返していた。

「そうです」

弁護士の城戸先生が深くうなずいて言う。黒縁眼鏡をかけた四十代なかばの女性、装いは地味ながら趣味のいいスーツ。ほのかに香る香水もエレガントで、弁護士さんというより上品なマダムという雰囲気。

助手の倉石さんが出してくれたコーヒーを「どうぞ」とわたしたちにすすめてから、

「お母様の結婚前の姓は赤木ですが、小さい時に赤木というご夫婦の養子になられたからで、出生時には砂田《すなだ》静子さんでした。ご家庭の事情があってそうなったと聞いています」

そんな話を、言われてみれば、父から聞いたおぼえがかすかにある。家の事情で、子供のいない夫婦に引き取られたと。

「生家である砂田家の息子さん、お母様の実のお兄さんが、わたくしどもに今度のこと――調査と遺言執行とを依頼されたわけなのです」

わたしたちからすれば、「おじ」「おば」といった言葉自体、自分たちとは縁のないものと思っていた。父は一人っ子だし、母もそうだと漠然と思っていた。

でも考えてみれば、「子供のいない夫婦に引き取られた」というなら、もとの家にきょうだいがいたと思うほうが自然だろう。

たった今聞いた話では、事実わたしたちには伯父さんが、血のつながった親戚《しんせき》がいたのだ。ただし会うことはできなかった――夏のはじめに亡くなってしまったという。

城戸先生の話によれば、母の兄、わたしたちには伯父にあたる砂田氏が、重い病気が発覚し余命宣告をうけたのをきっかけに、子供のころに別れた妹を探そうと思い立った。

依頼をうけて先生たちが調べると、十七年前に亡くなっていることがわかった。佐久間という人と結婚し、娘を二人産んだことも。

その娘たちのゆくえを探しはじめた矢先、砂田氏自身が不慮の事故（梯子《はしご》から足をすべらせたとか）で亡くなってしまった。先生はそんなふうに説明し、

「残念です」わたしが言った。「伯父さんに会ってみたかったのに」

「わたくしどもも残念に思っています」

城戸先生はまた深々とうなずいて、シックな上着の肩にかかる髪をうしろに払う。

「それで」眼鏡の位置を直し、「砂田さんの遺言の件ですが」

「遺言？」

「はい。砂田さんはずっと独身で、亡くなったお母様のほかにきょうだいもありません。

唯一の血縁者であるお二人、佐久間莉央さんと紗央さんに、遺産を相続してほしいとおっしゃっています」

遺産。その言葉を聞いて、心臓がどくんとひと跳ねした。

やった、と思いかけて、一瞬後にはそんな自分を恥ずかしく思った。けれども、

「路頭に迷う」という定型句すら現実味をおびている時に、その言葉がどうしようもなく魅力的に響いたのは事実で――

かたわらの紗央のほうを見れば、わたしを見返す瞳《ひとみ》がきらきらと光り、内心にわきあがった希望を語っている。

口元がゆるんだりは決してしていないが、表情が変わらないのはいつものこと、人目をはばかって感情を隠しているわけではさらさらないはず。

「その遺産の内訳ですが」城戸先生は手元の書類に目を落としながら、「現金はそれほどなく、おもに不動産、それから事業で、相続にあたっての条件もついています」

不動産。事業。どちらもまぶしい言葉だ――でも、条件って？

「不動産といいますのが」先生は淡々と先をつづけて、「昔ながらの公衆浴場、いわゆる銭湯の建物およびそれが建っている土地。申し上げておきますとあまり新しい建物ではなく、立地のほうも、駅からは少し離れています。事業というのは、その経営。きわめて順調とはいえませんが、これまでのところ、ごくわずかながら黒字でやってきています。

そしてその事業――銭湯の経営を可能なかぎりつづけてゆく、建物も現在いる二人の従業員もそのままでつづけてゆくということが、相続の条件にあたります」

駅からの道は、すごく遠いというほどではなかった。

わたしの足で二十分くらいだろうか。まあ城戸先生の言った「少し離れている」という言い方が当てはまるのだけれど、銭湯のお客さんは何も駅から来るわけではなく、途中に自分の家があるのだろう。

歩くのをいとわないお客さんがいればこそ、これまで経営が成り立ってきたわけだし。これも先生によれば「ごくわずかながら」黒字という程度らしいのだが――

相続を受けるか受けないかはわたしたちの自由、ともかく一度現地を見てみることをすすめる。先生のそんな言葉に従って、紗央とわたしはこの町をたずねてきたのだ。

弁護士事務所を訪れた翌週のこと。あの日はいいお天気だったが、今日は曇ってどんよりとしている。

「古い、とわたしから申し上げても、また築何年といった数字を見ても、実際に行かないことには感じがわかりませんからね」

焦げ茶色で統一されたオフィスで、スーツの胸元から真珠をのぞかせ、城戸先生はそう言ったのだ。

「距離にしても、実際に歩いてみないことには。寂しい道かにぎやかな道か、まっすぐか曲がっているか、いろいろなことによって印象は変わるものですから」

おっしゃる通り。実際は同じくらいの距離でも「まだ着かないの」と不満を言ったり、「もう着いたの？」と驚いたりするのはよくあること。

わたしの経験では、遠く感じるのは景色が殺風景な時、車が多かったり歩道が狭かったりで道が歩きにくい時などだが——

この場合どうかというと、「殺風景」はあてはまらない。駅のそばの商店街はほどほどににぎわい、その先は一戸建ての多い住宅地で、植えこみなどの緑も多い。

問題は、その住宅地を抜けた先だった。

道がしだいに細くなり、曲がりくねり、最後は上り坂——急というほどではないものの、ちょっと長めの坂になっている。

突然目の前に出現した小さな丘をのぼってゆく形で、両側は木ばかりだが、その木がまっすぐではなくこころなしか曲がっているような、また秋のはじめにしては木の葉がいくぶん少ないような。

殺風景ではなく、風情はある。ただし荒涼とした風情——と思ってしまうのはお天気のせいもあったはず。

そんな中、お年寄りならそろそろ音を上げかねない坂道の果てに、その銭湯は建っていた。

住宅地より一段高いところに、周囲に雑木林をしたがえ、煙突と大屋根のある建物がそびえていた。

昔ながらの銭湯らしい銭湯。そう思ったわたしも、実際にそういうところに入ってお風呂《ふろ》を浴びた経験はない。考えてみれば前を通ったことすらなく、映画か何かで見ただけなのかもしれない。

「ゴシック小説に出てくる家みたいだね」

わたしのうしろから紗央が、珍しく口をひらいて、ささやくようにそう言った。紗央のほうは映画ですらそんな建物を見たことがなく、わたし以上に新鮮な驚きに打たれたのだろう。

一見おかしな感想だけれど、言われてみればうなずける気もした。どこか現実離れした感じはお寺や神社に通じるところもあり、といってもちろんそこまで立派ではなく、普通の家――かなり古くなった家の延長のようでもあって。傾斜のきつい大屋根も、太い煙突も、逆光のせいばかりではなく黒々として、曇り空に突き刺さるようで。

さらに近づいてゆくと、ガラス戸の内側にしまってあるのれんが見え、風雨にさらされて褪《あ》せたような藍色《あいいろ》の地に白抜きで、

「嵐の湯」

屋号らしいそんな文字が書いてあったのだ。

「どうぞ。粗茶ですが」

昔の小説で読んだことのある、実際にはあまり聞く機会のない言葉を、大きな体をちぢめるように椅子にすわった男の人が言う。

銭湯の奥の事務室でわたしたちと向かい合う二人――お茶をすすめる男の人と、そのお茶を持ってきてくれた女の人とが、城戸先生の話に出てきた「従業員」だったが、いろいろな意味で、わたしが想像したのとはちがっていた。

まず、年齢。古い銭湯の従業員と聞いて、何となく年配の人を想像していたけれど、それよりずっと若い。

三十代くらいの男女で、兄妹《きょうだい》だというのも意外だったし、二人の見た目や雰囲気も。それぞれに名乗った南方《みなかた》グレンとエレンという名前からしても、浅黒い肌や顔立ちからしても外国人なのだろう。どこの国の人かは見当がつかないけれど。

二人とも美形といえるルックスだが、白いTシャツ姿の兄のほうはごつごつして陰《いん》鬱《うつ》、地味なブラウスを着た妹はすらりと優雅で、どこか謎めいた感じ。

顔のパーツはあまり似ていない。黒目がちの目を別にすれば。けれども雰囲気が共通していて、たしかに兄妹なのだろうとうなずける二人だった。

「遠かったですか？　ここまで来るのは」

「いえ、それほどでも――」

「妹もわたしも、とてもうれしいのです。砂田さんの親戚《しんせき》の人が、新しいオーナーになってくだされば」

「はあ、あの——」

「心配いりません」顔の前で手を振って、「わたしたちでやりますから。いろんな仕事、骨の折れることなんかは」

南方グレンが低い声で言う。くせのある黒い髪がひたいにかかり、しゃべり方はとつとつとして、ふだん無口な人が無理をしてしゃべっているという感じ。

「火の管理のほうは、兄がよく心得ていますし」

長い髪をうしろで縛った妹のエレンが口を開く。やはり低い声だが響きがよく、しゃべり方はずっとなめらかだ。兄のほうを向く時の横顔の、ひたいから鼻にかけての線も流れるよう。

「掃除に関しては、わたしにまかせてくだされば大丈夫です」

「でも、お風呂場の掃除といえば——」

家庭のお風呂でもそれなりに面倒、まして銭湯となれば、きゃしゃな女の人ひとりで大丈夫なんてとても思えないのだが、

「大丈夫です。ずっとそうしてきましたから」

「妹はこつを知っているので」

似ているようないないような兄妹が、そろって黒目がちの目をまっすぐこちらに向け、頭をこくこくとうなずかせる。

「そうなんですか――」

ほかに言いようもなく、わたしはそう応じる。かたわらの紗央はもちろん黙っていて、何を考えているかもわからない。

「さっき兄が申しましたように、お二人にはあくまでもオーナーとして、おもに事業の監督をしていただければと思っています」

エレンが流れるように言い、グレンは安心したように黙っている。年長者として口火を切っただけで、本当は妹にまかせたいと思っているのがありありとわかった。

「仕入れや帳簿づけなども、砂田さんを手伝っていましたから――最後のほうは兄とわたしがほとんどやっていたくらいですから、オーナーには目を通していただくだけでいいのです。

本当は何ひとつ分担などせず、ゆったりとかまえていただきたいのが山々ですが、ただ――」

「ただ？」

ここで兄妹は目を見合わせ、ちょっともじもじして、

「妹もわたしも、その――」

「どう言ったらいいのでしょう。内気？」

「そう、内気」グレンがうなずいて、「つまり、得意ではないのです。人前に出るのが」

「お客さんと話したりするのも。いえ、ちょっとのあいだなら大丈夫ですが、長くなりますとどうも」

二人が口々に言い、わたしは当惑して、

「あの、どういうことでしょう？」

「ええ、ですから――」

「そういうわけなので――」

「お願いしたいと思っています」とグレン。「ひとつだけ。砂田さん、前のオーナーがなさっていたことを」

「とおっしゃるのは、つまり？」

「すわっていただきたいのです。あそこに」

「番台のことです」エレンがしめくくった。「ただひとつ、そこのところは、オーナーのお二人にお願いしたいと」

お二人に。南方エレンはそう言った。でも――

「それって、結局、莉央ちゃんひとりということになるよね」

紗央が言った。家に帰ったあと、アパートの部屋の隅にひざをかかえてすわり、わたしの顔を上目づかいに見て。

「まあ、紗央ちゃんに頼めるとは思わないからね」とわたし。

「ごめん」

「いいよ、謝らなくても」

「うん」妹はあっさりうなずくと、「それで、どうする？」

「まあ、お茶でも飲みながら話そう。昨日の水ようかん、まだあったよね」

紗央のお手製の水ようかん。もう秋だから季節はずれだけど、少なめの小豆と砂糖、それに寒天でつくれる、なかなかコストパフォーマンスのいいお菓子なので、年間を通じて登場するのだ。

特売のほうじ茶をいれ、ちゃぶ台の前にすわる。狭い台所に小さい和室がつづき、その奥にやや大きい和室という間取りなので、椅子だのソファだのを置くわけにはいかない。

「莉央ちゃん、どう思った？　あそこのこと」

「紗央は？」

わたしは訊《き》き返す。二人のうちで世間を知っているのはわたしのほうだが、紗央の直感はなかなかあなどれない。

「面白いと思ったな、わたしは。それに――楽しかった」

南方兄妹と話したあと、もちろん、営業前の「嵐の湯」を見学するツアーがあった。

下駄《げた》箱の並ぶ入口の奥が待合室で、ここまでは壁も床も新しく、あとから増築された部分だとわかる。そのつきあたりが番台、今度の話を受ければわたしがすわることになる場所だ。

その左右に「男湯」「女湯」と書かれたのれんがあり、それをくぐった先が脱衣所。壁も床も木製のロッカーもそうとう年季が入っているが、あたりには埃《ほこり》ひとつなく、木の部分は磨きこまれたように光っている。

そこここに銭湯ならではの道具立て――大きな体重計、頭からかぶるタイプのドライヤーなど。ドライヤーは壁から風の出る形のもあり、どちらもお金を入れるスロットがあって「30円」と書いてある。

奥にあるガラスの引き戸を開けると、そここそが銭湯の銭湯たるゆえんの場所――洗い場で、

「どうぞ」

案内してくれた南方エレンの声も心なしかうやうやしげに聞こえ、入った先はそれがふさわしいような場所だった。

ひそめた声が高い天井に響き、天窓からの光が白っぽいタイルの床に落ちるところ

は（行ったことはないけれど）どこか外国の教会みたい。左右に並ぶシャワーヘッドも、頭《こうべ》を垂れた信者みたいに見えなくもない。

おまけにつきあたりには壁画もある――タイルのモザイク画で、野原（牧場？）のあいだに家々が点在し、遠くに高い山がそびえている、そんな風景。何となくヨーロッパっぽいけれど、どこの国ともはっきり言えない。少なくとも、山が富士山でないことだけはたしか。

ちなみにこちらは女湯で、あとで見せてもらった男湯の壁画は、ハーブっぽい草花の生い茂る荒地、たぶんイギリスだろうと思える風景だった。

「銭湯にはちょっと珍しい絵ですよね？」わたしが思いついたことをエレンに言うと、

「ああ、そうかもしれません」

その前に「銭湯としては小さいほうですか？」とたずねた時も「そうかもしれません」という返事だったので、どうやら彼女はほかの銭湯を知らず、くらべる基準がないらしい。

あいまいな返事ばかりで気がとがめたのか、壁画の下を指さし、

「浴槽は三つあります」

きっぱりした口調で、わたしたちにも見ればわかることを言った。

それぞれ「普通のと熱いの、泡の出るの」だそうだが、のぞいてみるとすでにお湯

はなみなみとたたえられているものの、スイッチが入っていないらしく泡は出ていない。

「何でしたら、ちょっと入っていかれますか？」

エレンに言われて、わたしはどきりとする。入ったら気持ちいいだろうな——と、内心思っていた矢先だったので。

「いえ、でも」

「かまわないんですよ。お客さんが来るのはまだずっとあとですし」

わたしは迷った。大いに心を動かされたのだが、

「どうする？」

紗央のほうをふり返ってたずねると、妹は賢い子犬みたいなまなざしをわたしに向けて、

「入ってみようか。せっかくだから」

こうして、わたしたちは開店前の銭湯を独占するというぜいたくをしたのだ。

一番大きな浴槽に、紗央とならんで浸《つ》かり、のばした手足のふしぶしから伝わってくる温かさに身をゆだねる。

ああ、気持ちいいな、とわたしは思う。

大きなお風呂《ふろ》って、やっぱりいい。

わたしの給料ではそうそう旅行するゆとりもないけれど、「日帰り温泉くらいは」なんて思うことはあり、紗央を誘ったこともある。でも、

「莉央ちゃん、行ってきたら。わたしはいいから」

人ぎらいの紗央から予想通りの返事がかえってくると、つい「わたしもいいや」となってしまう。

だから大きなお風呂に入るのは、大学時代にサークルの合宿に行った時以来。

そして紗央といっしょにお風呂に入るのも、紗央がまだ小さいころ以来、十何年ぶりのはずなのだった。

「気持ちいいよね」

言葉を口に出すと、高い天井にはね返って二重になる。いつもとちょっとちがう自分の声を聞きながら、ふと「紗央はそうでもないのかも」と思った。

さっき「入ってみようか」と言った時の紗央は、わたしが入りたがっているのを知っていて、わたしのために言ったのだ。こちらを見たまなざしを思い出し、今さらのようにそのことがわかった。

だとしたら紗央は無理をしているのかも——そう思ったわたしが、急いで顔をのぞきこむと。

紗央の表情は、いつもとちがっていたのだ。

目尻《めじり》から頬にかけての線が、何だかやわらかく。

口元もいつもよりゆるんでいて。

ふわふわした髪を頭のてっぺんにまとめているせいもあって、いつも以上にあどけなく見えて。

「うん、そうだね」

いつしか空が晴れたらしく、天窓からくっきりとさしこむ光に目をなかば閉じて、妹が言ったのはそれだけだった。けれども、本当にそう思っていることがわたしにはわかった。

全身を包む温かさにほのぼのとし、体の浮きあがる感じにわくわくして、心から楽しんでいることが。

ここしばらく紗央も感じていたはずの（当たり前だ）ストレスで縮んでいた心が、のびのびとひろがる思いでいることが。

わたしと同じくらいか、もしかしたらそれ以上に。

たとえ少しのあいだだけだったとしても。

もし南方エレンが、わたしたち二人に相続を受けてほしい――「嵐の湯」のオーナーになってほしいと思っていて、そのために入浴をすすめたのだとしたら、なかなかの策士というべきだろう。

「だけど」

アパートの部屋で、わたしが紗央に言う。ちゃぶ台にひじをつき、水ようかんをフォークで切り取りながら、

「やっぱり、不安があるよね。銭湯の経営なんて」

水ようかんを口に運ぶ。ほのかな甘さに、わたしたちみたいだ、とふいに思う。

すごく甘いわけではない——ここしばらくはそれなりの苦労もしてきたつもり。

でもほんの数年前まで父の庇護《ひご》下にあり、経済的には困らず、父のやっていた事業についても内情はまったく知らなかった。順調そうだったのが突然破綻《はたん》するまでは。

うす甘く、寄り添うみたいに固まって、口の中で溶けてゆく水ようかんを味わいながら、

「いくらあの二人がほとんどのことをやってくれるといっても」わたしは紗央に言う。

「ぜんぜん知らない、思ってもみなかったことなんだから」

「じゃあ、やめる？」

「でも、会社をくびになったら、ここの家賃も払えなくなるし」

会ったこともない伯父《おじ》さんからの相続を受ければ、ともかく住むところは保証される。

銭湯の建物の裏に、身をひそめるように、小さな家が建っているのだ。

一戸建てにしてはコンパクトなつくりだが、二人暮らしにはじゅうぶんだし、家具

もある。そこがれっきとしたわたしたちの家――家賃を払う必要も、追い出される心配もない住処《すみか》になる。

銭湯の収益について、城戸先生は「ごくわずか」みたいなことを言ったけれど、南方兄妹《きょうだい》によると月に何万かはオーナーであるわたしたちの手元に入るらしい。

それだけでは暮らしていけないが（伯父は年金で補うなどしていたのだろう）、わたしが銭湯の番台を引き受けるとしても、営業時間外には翻訳の仕事ができる。

今の勤め先から仕事を回してもらい、午前中いっぱいそれをこなせば、銭湯からの分とあわせて生活費をまかなうことはできそう。

どうにかやっていけそうな気がする。紗央の節約の腕があれば。そして、銭湯の経営が破綻しないかぎりは。わたしがそう言うと、

「あの人たちは『まかせてほしい』って言うし」と紗央、「これまで大丈夫だったんなら、大丈夫なんじゃないかな」

「そうだよね」とわたし。「結局、そういうことになるよね」

わたしもそう思う――というより、どうやら、そう思うしかなさそうなのだった。

「それに」と紗央、「もしあの家に引っ越したら――」

「何？」

「銭湯とのあいだが裏庭みたいになっているでしょう。あそこに、ネギを植えられる

んじゃないかな」

「そういえば、前に言ってたね。昔はみんなネギを裏庭に植えてたって」

そうすれば切ってもまた伸びてくるから、わざわざお店で買う人なんていなかった。テレビか何かで聞いたことをわたしに話したのだが、目が輝いていてとても嬉《うれ》しそうだった。

もしかしたら、「裏庭のネギ」は紗央の憧《あこが》れなのかもしれない。サスティナブルな生活の象徴というか。

さすがに、そのささやかな緑のために、わたしたちが引っ越しを決めたわけではないけれど。


「莉央ちゃん、おやすみ」

その夜遅く、わたしが布団のあいだにすべりこむと、頭の上から紗央の声がした。

アパートの奥の部屋に二段ベッドを入れ、紗央が上の段に、わたしが下に寝ている。早起きの紗央はいつも先にベッドに入り、わたしが下の段にもぐりこむころには寝息をたてているのだが、

「あ、起きてたんだ」

「うん」

目がさえたのかな。今日はいろいろあったから——などと考えていたわたしがふと気になって、

「紗央ちゃん、あのさ」

「うん？」

「いやじゃないの？　あの二人のこと。もしあそこに引っ越せば、いつもそばにいることになるでしょう」

南方兄妹は銭湯に住み込んでいるわけではなく、どこかから通ってくるのだが、それでも一日のかなりの時間を同じ敷地内ですごすことになる。ボイラー室はつい目と鼻の先だし、紗央が（さっき言ったように）裏庭でネギなり何なりを育てるとしたらしょっちゅうグレンと顔を合わせるはず。

「ああ、それ」紗央は気軽に、「あんまり気にならない」

そこが不思議なのだった。今日、「嵐の湯」にいたあいだ、紗央はいつになくリラックスして見えた。お湯に入ったせいというのではなく、それより前から。ほかの人が見ればふだんと同じだろう。どっちみちほとんどしゃべらず、表情が大きく変わることもないのだから。

でも、わたしにはわかる。肩に力が入っていないというか。前の週に弁護士事務所をたずねた時とは大ちがいである。

「あの兄妹が気に入ったの？」

「ていうより、怖くない」

「怖くない？　ほかの人たちより？」

意外だった。二人とも、もちろん悪い人ではないのだろうが、どこかえたいの知れない印象があったから。わたしが紗央にそう言うと、

「うん、変わってるよね。だけど、人間くさくない」

「ああ」

わたしは枕にのせた頭をうなずかせる。あの二人に関しては、たしかにその言葉がぴったりくるかもしれない。

そして紗央がよその人を苦手なのはそのこと――「人間くささ」によるのだと今はじめて気がついた。

いい意味でも使う言葉である。愛情深いとか、親切とか。だけどネガティブな要素もたくさん含んでいる――嫉妬《しっと》とか、見栄《みえ》とか、そんなもの。

紗央は変わった子だから、そういうものとは無縁かもしれない。わたし自身は人並みに持ち合わせている自覚がある（特にあとのほう）けれども、紗央にとって、わたしのそれは問題ないのだろう。

生まれた時からいっしょにいて慣れているから。または、わたしが時おり紗央に腹

をたてることがあっても、基本的に大好きで、ひどいことなど決してしないのをよく知っているから。

「あの二人なら、たしかにそうかも」とわたし。「ひと癖ありそうだけど、そういえば、どろどろした感じはしないな」

「そう。何だかお人形みたい」

紗央は意外な表現をした。兄妹とも美形といってもいい顔立ちだが、優雅なエレンはともかく、

「あのごつごつしたグレンのほうも？」

「そう、二人とも。同じ人がつくったから作風は同じだけど」

うまいことを言うなと感心する。タイプがちがうのに似て見える二人の共通点を「作風」とは。

「でも、材料がちがう。お兄さんのグレンは、岩を切り出して。妹のエレンのほうは、流木を削って」

なるほど。ベッドの上段から聞こえる紗央の言葉——おとぎ話のような言葉を妙に納得して聞きながら、わたしはいつしか眠りに落ちていた。

2

そういうわけで、わたしたちは「嵐の湯」の経営を引き継ぐことにしたのだった。

弁護士の城戸先生にそう伝えて、さまざまな手続きをすませ、秋の気配が深まるころにアパートを引き払った。思い出とわずかな荷物とともに、丘の上に建つ銭湯の裏の家に引っ越したのだ。

古い家だが間取りは2DK、広めのダイニングキッチンに大きなテーブルがある。寝室も二人それぞれに確保でき、二段ベッドをばらして運びこんだ。

わたしは勤め先を退職し、それまでと同じ翻訳の仕事を外注で回してもらうことになった。

会社員から下請け業者、そのいっぽうで事業経営者にもなり、これまでより偉くなったのかその逆なのかわからないわたしの新しい生活は、だいたい次のようなもの。

朝、起きて、紗央のつくってくれた朝ご飯を食べる（出勤しなくていいので、以前よりゆっくり味わいながら）。

そのあとはパソコンを開き、もとの勤め先から回ってくる仕事にとりかかる。なるべく午前中に終わらせたいので、猛然と。

同じことを会社でやっていた時とくらべて、つい気が散ってしまうところもあるけれど、服装も自由、姿勢も自由、音楽もお菓子もＯＫと、はかどる要素のほうが多い気がする。

それでも何時間かたつと集中がとぎれがちになる、ちょうどそのころに、隣の建物から物音と気配が伝わってくるのだ。

ボイラー室でごうごうと燃えさかる炎、配管を伝わる熱。

洗い場にほとばしって、タイルを洗い、浴槽を満たす水。

南方グレンとエレンの兄妹《きょうだい》が出勤してきて開店準備をすすめ、それとともに、「嵐の湯」の建物が息づきはじめる。

太い煙突のある黒っぽい建物は、それだけ見ると、どこか不吉な気配がなくもない。営業時間外でしんと静かな時には特に。

いつか「ゴシック小説に出てくる家みたい」と言った紗央は、別の時には「年取った竜《りゅう》が眠っているみたい」とも言った。大きく垂れた屋根が休めた翼のようだと。

だとしたら、この時間には、その竜が目をさますわけだ。といって羽ばたいたり飛びあがったりしないのはもちろんだけれど。

そんな銭湯にわたしが出勤するのは、昼食をすませてもう少したってから。いわゆる重役出勤みたいで気がひけるが、開店ちょっと前に来ればいいと言われているので、一時半すぎに行く。

ジーンズなどの普段着に、スタッフらしく見えるようエプロンをつけると、用もないのに建物をひとまわり——ボイラー室にいる南方グレンにあいさつし、うなり声みたいな返礼を受けたり。

火を扱っている時のグレンはふだん以上に無口で、彫りの深い顔立ちが炎に照らされて影がさすと、絵になることはたしかだがちょっと怖いくらい。

グレンはたいていボイラー室だが、妹のエレンのほうは、ありとあらゆるところにいる。同時に複数の場所にいるのではと思ってしまうほど。

洗い場の掃除は朝一番にすませているはずで、わたしが目にする機会はなかった。脱衣所の床をモップで拭《ふ》いたり、ロッカーの埃《ほこり》をはらったりしているところはしばしば見て、手伝いを申し出たこともあるけれど、「結構です」とやんわり断られた。

「本当に番台にだけすわっていただければ、あとはわたしたちがやりますから」

その番台にしても、彼女が磨きあげ、アメニティの補充などもすませて、すっかり準備がととのったところでわたしに明け渡すのだ。

やがて開店時刻の二時になり、南方兄妹のどちらかがのれんを出して入口を開けると——

待ちかねたように常連客のお年寄りたちが流れこんできて、しばらくちょっとした騒ぎになる。

客同士で世間話をはじめる人、何やかや番台（わたし）に話しかける人、そのうしろでいらいらしながら待っている人。そういう人は料金ぴったりの小銭、または入浴券を用意して、片手に握っているのだ。

若者以上に気の短い人も、逆に長い人もいるお年寄りたちがそれぞれに温まって帰ってゆくと、そのあとは余裕のある時間。

というより、開店直後の混雑と、夕食後のほどほどのにぎわいをのぞけば、一日の大部分が「余裕のある時間」といえるのだが——

だからといって番台にすわり通しではそれなりにきついので、何時間かたつと休憩していいことになっている。わたしは裏手の雑木林を歩き回るなどし、南方兄妹のどちらかが「内気」をおして番台をつとめる。

夕食時には一時間くらい家に帰り、紗央の手料理を味わったり、おしゃべりしたり。お客さんの食事時でもあるから、訪れる人はまばらで、グレン、エレンの二人にもそれほど負担にならないはず。

番台に戻ってしばらくすると、夜のお客さんが入ってくる。やはり年配のお客さんが一定程度をしめるが、学生や勤め人、家族連れなど、昼とはちがう客層も。

最後のお客さんが帰り、表戸が閉められると（だいたい十一時ごろ）、番台周辺をざっと片づけ、それ以外は南方兄妹にまかせて帰宅。

そのころには紗央は眠っているから、小さな音でテレビを見たり、本を読んだり何やかやして就寝。

といったところで、銭湯については本当に、番台以外のあらゆることを南方兄妹がこなしてくれるので助かっていた。

助かるというより、そんなことが可能だろうか――とすら思う。けれども現にお湯が沸き、タイルもつやつやと光って、お客さんが満足して帰ってゆく以上、疑問を感じるのもおかしな話である。

それにしても、二人ともまだ若いし、外国人だし、あちこちの銭湯を渡り歩いてきたというわけでもなさそうなのに。

伯父《おじ》の教育のたまものか、この二人がよほど有能なのか。

そもそも伯父はどこで、どんなふうに、この二人を見つけたのだろう。

などと思いはしたものの、日々の仕事に忙しく（というのは南方兄妹のことで、わたしはそうでもなかったけれど）、本人たちとゆっくり話す機会もなかった。

そんなふうに、銭湯の番台という、まさか自分がすわるとは思ってもいなかった場所にとまどいつつも慣れていったわたしだが、それなりに大変なこともあった。

一番の問題は、常連客――それも開店直後にやってくるコアな常連、お年寄りたちへの接客。

愛想よくあいさつするのはもちろんだが、それだけではなく、しばしば世間話の相手をしなければならない。

いろんな人がいる。たとえば永井《ながい》さんという、小柄でふくよかなおばあさん。一見穏やかそうだが、気になったことは根掘り葉掘りたずね、一歩もあとへ引かないというタイプ。

「砂田さんの姪《めい》ですって？」

初対面の時、杖《つえ》を片手に、わたしの頭から胸元まで（それより下は台に隠れているので）値踏みするように見たあげく、

「あの人、きょうだいはいないって言ってた気がするけど？」

「あの、それは、わたしの母が」わたしはしどろもどろになる。

「実の妹なんですが、子供の時に別の家の養子になって、そのあと音信不通だったので、いるようないないような――」

「まあ、そういうこともあるでしょうね」

許可するように言うが、どうしてこの人に許可してもらわないといけないのか。

「わたしたちとしては何も言うことはないわ。ともかく砂田さんに縁のある人で、あの人がここをまかせようと思ったんなら」

「はい、あの、弁護士さんからそう聞いています」

わたしはへどもどと言い、永井さんは鷹揚《おうよう》にうなずいて、女王様のようにのれんをくぐる。

伯父との関係、ここの経営を継ぐことになったいきさつなどは、誰しも知りたいことらしく、初日から翌々日にかけて何十回話したことか。

けれども四日目になると、ぱったりと訊《き》かれなくなった。どうやら常連たちのあいだで情報がひとめぐりしたらしい。

「あなたもかわいそうにね」

そう言ってくれたのは、橘《たちばな》さんというやはり年配の女性だ。身ごなしは永井さんより若々しく、実際に年下らしいが、やせぎすでしわの多い顔は年上のように見えなくもない。潔癖症なのか、いつも「マイ洗面器」を風呂敷《ふろしき》に包んでわざわざ持ってきている。

「若いのにご両親ともいなくて、たったひとりの伯父さんにも結局会うことができなかったなんて」

真白な髪をおかっぱにして、姿勢がよく、昔は学校の先生をしていたというのがうなずける。一見きつそうに見えるが、やさしい人みたい。

永井さんと連れ立って来ることが多く、ある時「今日はごいっしょじゃないんですね」と声をかけたら、

「たまたま道で会うだけで、別に仲良しというわけじゃないのよ」声をひそめて、「ここだけの話、あの人もちょっと極端なところがあるから」

別の時には永井さんのほうが橘さんのことを「あの人は八方美人だからね」と言っていた。以前、永井さんと別の人のあいだがごたごたした時に、橘さんが味方してくれなかった（どちらの肩も持たなかった）のを根に持っているらしい。

どうやら、おばあさんたち自身の相性に加え、孫同士の学校でのポジションなどもからむ複雑な人間関係があるようだ。それを気分しだいで断片的に話してくるから、わたしのほうではわけがわからない。

仲が悪いと思った二人が意外と仲良しだったり、その逆だったり、気が合わないはずの数人が声をそろえてあるおじいさんの悪口を言ったり。

そんなお年寄りたちが、例外なく一種の尊敬をこめて話すのが、今は亡きわたしの伯父のことだった。

「何しろ、砂田さんというのはなかなかの人でしたよ」

伯父のことを知らないわたしに、永井さんが教えさとすように言い、

「いろいろと、わたしたちの相談に乗ってくれたりしたの」

橘さんが説明する。風呂敷ごしに洗面器のふちをなでながら。

「相談したくなるような雰囲気があったのよね。わたしたちから見れば若いんだけど、世間を知ってるというか」

「そう、いろんなことを知ってた」ともうひとりのおばあさん。「知ってるはずのないことまで」

「知ってるはずのないこと？」

わたしはびっくりする。どういう意味だろう。

「だって、あの人、ずっとここにいたわけじゃないからね。来たのはちょっと前のことで」

「せいぜい十五年とか、そのくらいの話よね」

わたしが小学生だったころのことを、ついこの間のように口にする。

「そう、そのころに、ふらっとやってきて」

「来た時は五十近かったけど、それまで何をしてたのか、聞いてもはっきりしたことを言わなくて」

「このへんの人じゃないのはたしかだけど、そのわりに、昔あったことなんかもちゃんと知っていたのよね」

「だから前の仕事って、もしかしたらあれじゃない？　警察の刑事とか」

「じゃなきゃ、スパイとか」

まさかそれはないだろう——とはいえ、どうやら謎の人物なのはたしかなようだ。

十五年くらい前にこの土地にやってきて、当時のオーナー（高齢の女性）を手伝うようになった。はじめは裏方をやっていたが、十年ほど前にその人が亡くなると経営を引き継ぎ、番台にすわるようになったのだという。

「まあ、そうなった時は、別にびっくりはしなかったわね」

「江見《えみ》さんには子供もいなかったし、あの人に目をかけてたから」

「もちろん、男と女というわけじゃなかったと思うけど。親子ほど年が離れてたし」

「だけど江見さんも悪い気はしなかったでしょう。ああいう人が手伝ってくれるのは」

「何しろ男前だったもの」

謎の前歴、不可解な知識、そして「男前」。

母の兄、わたしが会うことのなかった伯父は、興味をそそる要素をいくつも持った人だったようだ。

けれどもおばあさんたちに人気があったゆえんは、結局一番最後のところなのかもしれない。

「ああいう人なら、昔みたいな番台でもよかったのに」

冗談っぽくそんなことを言った人がいて、わたしはその場では意味がわからず、理解できたのはあとになってからだった。

昔みたいな番台、というのは、脱衣所の中にある——男側と女側の境にあり、仕切りごしに両方が見渡せる台のこと。

そんなふうに、風呂上がりのおばあさんたちがひとしきり語りあい、にぎやかに帰ってゆくのを見送っていると、

「何も知らんのだね、あの連中」

すぐ横で声がして、わたしは番台の中で飛びあがりそうになった。

かたわらを見ると、声の主は小島《こじま》さんというおじいさん。どこかの会社の偉い人だったらしく、折々に見せるもったいぶった態度で、おばあさんたちからやや煙たがられている人だ。

「だが、わたしには隠さなくていいんだよ」

背の高い小島さんが、すわっているわたしのほうへ身をかがめ、秘密めかした小声で言う。まわりには誰もいないから、そんなふうにする必要なんてないのに。

「あの、何のことでしょう？」

小島さんはさらに身をかがめ、わたしの耳に直接言葉を流しこむように、

「あの人は、死んでなんかおらんということ」

わたしはすっとんきょうな声を出すが、

「大丈夫」小島さんはなおも前かがみのまま、「わたしはちゃんと心得ておるから」

「すみません。どういうことでしょう」

「どうしてわたしが知っているのか、というんだね」

前傾姿勢がつらくなってきたのか、体を起こして腰をさすりながら、

「わたしがここへ来るのはだいたいこの時間だが、用事がある時は夜、会合なんかが長引くと、遅い時間に来ることもあってね。

あれは先月、そんなふうに夜遅くに来た時のこと。帰るころには客はわたしひとり、表の明かりも消えていた。

その帰り道で、腕時計がないのに気がついた――うっかり脱衣所に置いてきてしまったんだと。よそ行きのやつだったから気になって、取ってこようと引き返した。来てみると戸はあいていたが番台には誰もおらず、ここの明かりも消えていた。だが脱衣所へ行くとほの明るい。ガラス戸ごしに洗い場の明かりが入ってくるんだね。

とはいえちらちらとした妙な明かりで、あと片づけの時は電気代を節約しておるのかな――などと思いながら時計を探し、見つけて腕にはめたところで」

小島さんは思い入れたっぷりに間をおいて、

「ええ？」

「洗い場のほうから、声が聞こえてきたんだよ」

「声？」

「あんたの伯父《おじ》さん、砂田さんの声だ」

「でも――」

「わたしは耳もいいし、ぼけてもおらんよ」

小島さんはわたしの顔にあらわれた考えを読みとったように、

「ちょっと前に運転免許の更新をして、認知症の検査も受けたばかりだ」

「でも、そんなはずは。男の人の声なら、南方グレンさんの――」

「二人の男が話しておったんだよ。あの外国人がぼそぼそと何か言い、もうひとりがそれに答えていた。

低くてちょっとかすれて、それでいて艶《つや》のある、あれは砂田さんの声だったよ。間違いない。オメガの時計を賭《か》けてもいい」

小島さんは断言し、わたしはしばらく何も言えずにいたが、

「それで」ようやく気をとりなおし、「その声を聞いて、小島さんはどうしたんですか？」

「どうもこうも。静かに外に出て、帰っていったよ」

「洗い場をのぞいたりもせずに？」

「そりゃそうだ。その時によくわかったからね。あの人はやっぱりわけありの人なんだと。

表向き死んだことにして、世間をあざむく。そこまでするからには、スパイだ何だというのも、あながち、ばあさんたちのたわ言とは言い切れないのかもしれん。

そこまでの深い事情を、わたしが台無しにするわけにはいかんじゃないか。小僧ではあるまいし、それくらいは心得ているとも。

だから黙って帰っていったし、そのあとも、今の今まで、誰にも言わずにおるよ」

恩着せがましくうなずくと、満足そうに帰っていったのだった。

聞いたわたしはしばらく茫然《ぼうぜん》としていたが、まあどう考えてもありそうにない話で、小島さんの勘ちがいとしか思えない。

南方グレンが誰かと電話でもしていたのではないだろうか。風邪か何かで時々声がかすれ、そこだけ別の人のように聞こえたとか。

それでも一応、あとで弁護士の城戸先生に電話してみた。まさかと思いますが、お客さんがこんなことを——と。

先生の返事は、伯父が亡くなっているのは間違いない、絶対たしかだと保証するというもので、

「そうですよね」とわたし。「病気で余命宣告をうけて、母やわたしたちを探すこと

にしたけど、間に合わずに」

そう言うと、まるで病気が悪化して亡くなったみたいだが、そうではなく、

「事故、でしたよね。たしか梯子《はしご》から──」

「そうです。銭湯の屋根にかけた長梯子から足をすべらせて。

目撃者はいませんでしたが、警察がいろいろ調べた結果、そういうことにちがいないという結論になりました。風で飛ばされた布のようなものが屋根に引っかかっていましたので、それを取るために梯子をかけ、手を伸ばした時にバランスを崩したのだろうと。

ちなみに、発見者はわたしです。たまたまおうかがいする約束をしていましたので。残念ながらその時には、亡くなられて一時間ほどたっていたようです」

先生は必要なら関係する書類を送ると言い、わたしはお願いしますと言って、電話を切った。


こうしてわたしが、銭湯での生活になじんだりとまどったりしていたあいだ、妹の紗央の生活に変化はあったのか。

その答えはシンプルで、「アパートにいたころと似たようなもの」。

ちがうのは、かつて窓の手すりに置いていたプランターを家の横手に置き、裏庭に

ネギを植えたこと、そしてわたしが会社に行かなくなったことくらいで、紗央いわく「ほんのちょっとのちがい」にすぎなかった。

本人の話と、わたし自身の観察をもとに、紗央のある一日を紹介してみると——

朝、五時ごろに目を覚まし、しばらく布団の中でじっとしている。

すぐに起きないのは「莉央ちゃんを起こすと悪いから」とも、「考えごとをしているから」とも。

六時ごろに起きだして、土鍋《どなべ》でご飯を炊き、おかずをつくる。その日は小松菜のおひたしとイワシの目刺し、卵焼き（味付けは塩とお酒——本当はそこに桜海老《さくらえび》を入れるのが好きだが、ぜいたくだからとたまにしか買わない）。わたしが起きてくるといっしょに朝ご飯。

そのあと洗濯、布団も干して、隣室でわたしがパソコンのキーをたたく音を聞きながら読書。本は図書館で借りてきたか、古本屋からネット注文で取り寄せたもの。

自家製のドライトマトとバジルでパスタをつくり、わたしといっしょに昼食。

午後、わたしが銭湯に出勤すると家中を掃除し、プランターの植物に水をやり、裏庭のネギを見に行く。

銭湯のボイラー室の外にある、建築業者から分けてもらった廃材の上に南方グレンが腰をおろし、大きな背中を丸めて、お菓子の「ビスコ」を食べているのを目撃する。

「ビスコだよ？」夕食の時、紗央は声をはずませてわたしに報告した。

「『おいしくてつよくなる！』って書いてあるやつ。しかも赤い箱の」

ご存じの方も多いだろう、昔からあるビスケットだ。小さな箱に幼児の顔と、紗央の言うようなキャッチフレーズがついている。

大男の南方グレンとはたしかに不似合いで、紗央が興奮するのもわかる気がする。

洗濯物をとりこむと読書のつづき、それに飽きるとゲーム。わたしが小学生の時に買ってもらったゲーム機と、大昔のソフトで遊んでいる。

それからテレビ、大自然や動物などの癒《いや》し系か、殺伐とした事件のニュースと両極端で、その中間はあまり見ない。あとは「ミラクル不思議ワールド」とかいう、タイトルからして「とんでも系」の番組も好き。

夕方には手間を惜しまず料理をして、番台を抜けてきたわたしといっしょに夕食。

そのあとはまた読書かゲーム、テレビで好きな番組をやっている時は視聴。

入浴、翌日の準備（お米をといでおく、干し椎茸《しいたけ》を戻すなど）をすませ、十時か遅くとも十時半には就寝。

こういう日常を「がんばっている」と思うか、「楽をしている」と思うかは人それぞれという気がする。

会社の先輩はわたしに「妹さんは一日何をしているの」とたずね、わたしがさっき

のような話をすると、

「子供だと思えば、すごく立派」と言った。「十七歳ならまだ子供だよね。本当は高校に行ったほうがいいんだけど」とも。

それは二年前の話で、今その人に意見を聞けば「十九歳の大人としてはほめられたものではない」と言うのだろうか。

学校に行くこと、仕事をすること。世間は若者に対してそのどちらかを求め、そこからはみ出すと「ニート」と呼んだりする。

紗央のように外出といえば買い物と散歩、それに図書館くらいだと「引きこもり」。なおかつ買い物はスーパー、図書館はネット予約システムを活用して人との会話を避け、やむをえずそのパターンからはみ出す時は帽子とサングラスで武装——などという場合には、もっとひどい言葉で呼ばれるのかもしれない。

よくないこと、という認識なのだろうけど、本当にそうなのだろうか。

病気でさえなければ、誰もが、働くか学校に行くかしないといけないのだろうか。

それはそうだ、という気もするし、しなくてすむならそれでいい、という気もする。

しなくてすむなら——というのは、誰かが生活の面倒をみてくれるなら、という意味になり、この場合はわたしがということになる。

わたし自身が「自分だけ働くなんて不公平」とか思わないなら、それでいい。そしてわたしは特に不公平だとは思っていない。織細な紗央よりわたしのほうが、働いてお金を稼ぐのに向いていて、得意なほうが担当するのは筋の通った話だから。

それだけでなく、家事を紗央に丸投げし、紗央の節約術のおかげをこうむっていながら「妹を養っている」なんてえらそうに言うのもおかしいという気がするから。

紗央自身はどう思っているのか。心の底はわからないものの、時々わたしに向かって、

「莉央ちゃん、悪いね。親でもないのに、すねをかじって」なんて言うことがある。

そのあとすぐに「まあ、犬か猫でも飼っていると思って」とつづけたりもするのだが――

そんな紗央の暮らしに変化の生じるきざしがあったのは、わたしたちが「嵐の湯」のオーナーとなってひと月ほどたったころだった。

ある日のこと、常連の中では比較的若いほうの大西《おおにし》さんという人が女湯から上がってくると、

「さっきはごめんなさいね」わたしに言った。「悪い時に声をかけちゃって」

「いいえ、そんな。こちらこそすみません」

番台のうしろの壁には小さな窓が二つあって、それぞれ男湯、女湯の脱衣所に通じている。中のお客さんがカミソリを買いたいとか、ドライヤーに使う小銭を両替してほしいとかいう時に、そこを開けてやりとりできるようになっているのだ。

番台をあずかる者からすれば、目の前にお客さんがいる時に、うしろからも声がかかるという「かち合い」がありうるものの、わが「嵐の湯」ではめったにない。

そもそも混み合う時間はわずかだし、ピークタイムを形成する常連のお年寄りたちは抜かりなく必要なものを用意してくるし、ドライヤーもあまり使わないからだ。

けれどもさっきはその「かち合い」が起こり、不慣れなわたしがどっちつかずの対応をしたせいで、前のおじいさんにちょっと叱られてしまった。

「十円玉を残しておけばよかったのに、きっちり払ってしまったのよね」と大西さん。

「髪を洗うのがわかっているのに――」

ふと言葉がとぎれる。どうしたのだろうと、わたしが顔を見ていると、

「いえ、ちょっと思い出したことがあって。『髪を洗う』っていう話から。

まあささいなことなの。だけど気になって、のどに小骨が引っかかったみたいな気持ちになる、そういうことってあるでしょう?」

「ああ、ありますよね」

「そんな時、前だったら、ここで相談したんだけどね。あなたの伯父《おじ》さんに」

こんな若い子ではしかたがない――と内心思っていたことだろう。それでも癖になっているのか、大西さんは問題の「気になること」について話しはじめたのだった。

「うちの孫のことなの。男の子で、いま二歳なんだけど」

大西さんと娘さん、小さな孫の三人暮らしなのだという。娘さんは会社員、孫は保育園に通っていて、ほぼ毎日大西さんが送り迎えをしている。

「それって大変じゃないですか？」

「まあ疲れることもあるけど、楽しいわよ。朝、同じくらいの時間に来る子とは顔なじみになるしね。ケンくんとかリョウくん、テルマちゃんとか」

三人とも来年小学校に上がる、ケンくんとリョウくんは活発な男の子、テルマちゃんはおとなしい女の子だそうで、

「かわいい子なのよ、テルマちゃん。目がくりっとして、ちょっと大人びたところもあって。そういえば最近見かけないけどどうしたのかしら。

そうそう、うちの孫の話。名前はタクト、どっちかというとおとなしい、手のかからない子。

わたしが送り迎えをして、晩ご飯も食べさせるけど、お風呂《ふろ》はかならず娘が入れる。そのために夜の八時か、遅くても八時半くらいには仕事から帰ってくるの。

それで、こないだの晩。孫が寝たあとで娘と話してたら、『タクトがお風呂で変な

ことを言った』って。

二歳っていえば、言葉のおぼえが早い子と遅い子の差がすごく大きい年ごろで、早い子は大人顔負け、遅い子はほとんどしゃべらない。うちの孫は遅いほうなんだけど、その晩髪を洗ってやっている時、急にはっきり言ったんだって。『アマガエルが笑った』って」

「アマガエルが？　笑った？」

わたしはびっくりする。どういうことだろう。

「娘もぎょっとしたけど、孫に『何それ？』って訊《き》いてもさっぱりわからない。特にカエルが好きとかじゃないのよ。お風呂場にカエルのおもちゃとか、そういうのがあるわけでもない。ちょっと気味が悪かったけど、まあどこかで聞いた言葉なのかなって、その時はそれですんだんだけど。

でもそれだけじゃなく、おとといの晩にも」

「また同じことがあったんですか？」

「そう。やっぱりお風呂で、髪を洗っている時に、『アマガエルが笑った』って。はっきりした声、一本調子みたいな変なしゃべり方で。

ね、気味が悪いでしょう？　そもそも『アマガエル』っていうところも、それが笑うっていうのも」

「たしかに、ただの『カエル』なら、漫画のキャラクターとかでもありそうですけど――」

「そうなのよ」大西さんは大きくうなずいて、

「それが『アマガエル』になると、本物が頭に浮かんでくるじゃない。あのどこを見てるのかわからない目とか、ひんやりした感じとか、吸盤とか」

その通りで、それが「笑う」となると、たしかにちょっと不気味な感じ。

「保育園で聞いたんでしょうか？　絵本の読み聞かせとか。それか子供たちのあいだではやってる言葉だとか」

「そう思ったから、次の朝、ケンくんのお母さんに訊いてみたのよ」と大西さん。

「そしたら首をかしげて『ケンくん、知ってる？』ケンくんのほうは『知らない』って、そっけない返事」

となると保育園は関係なさそう――だとしたら、いったいどこから出てきた言葉なのか。

たしかに「ささいなことだけど気になる」話。でもそれとは別に、わたしにはもうひとつ気になることがあった。

「あの、伯父のことなんですけど」大西さんにたずねてみる。

「今みたいな話をみなさんから聞いて、それに説明をつけていたんでしょうか？」

「そう」大西さんはあっさりうなずいて、

「わたしたちの相談といってもいろいろで、相談してもしかたのないこともあれば、本当は相談するまでもない――答えは最初からはっきりしているようなこともあったと思う。

だけどそのあいだというのかしら、『答えが見つかりそうだけど見つからない』そういうことってあるでしょう？　さっき言った『のどに引っかかった小骨』みたいな」

「ええ――」

「いつもというわけじゃないけど、そういうのに答えを見つけてすっきりさせてくれることがよくあったの、砂田さんという人は。言ってみれば、小骨の専門家ってところかしら」

小骨の専門家。元スパイ、元刑事などに加わる、伯父の新たな肩書きである。

「もちろん、あなたがそれを目指す必要なんてないのよ。ここの番台にすわっているからといって」

大西さんはわたしを励ますような調子で、

「まだ若いし、いくら身内とはいえ、伯父さんとは別の人なんですもの」

おっしゃる通り。もちろん、仮に目指せと言われても、わたしにつとまるはずがない。けれども——

もしかしたらここの常連たち、あるいはその一部は、伯父にそんなふうに「小骨」を取ってもらう目的もあって、わざわざ坂をのぼってこの「嵐の湯」に来ていたのかもしれないと思った。

その伯父がいなくなった今も、しばらくは惰性で通っているが、やがては足が遠のいてしまうのかもしれない。

そうなったらどうしよう。それでは困る、と思っていたのだけれど。


「今日、お客さんから変な話を聞いて」

その日の夕食——紗央のつくった麻婆《マーボー》豆腐を二人で食べていた時、わたしがふと思い出して言ったのだ。

大西さんの孫のエピソードを、最初はざっくり話したのだが、紗央が意外なほど興味を示し、

「くわしく教えて。その人が言ったこと、どんなことでも」

そう言ったので、記憶の底をさらうように、大西さんから聞いたことを何もかも話した。それがすんでから、

「何か不気味よね？『アマガエルが笑った』なんて」

わたしが言う。山椒《さんしょう》のひりひりする後味を感じながら。子供っぽい顔に似ず、紗央はけっこう辛い味つけが好きなのだ。

「いったいどういう意味なんだろう」

わたしがなおも言うと、紗央はレンゲを持った手を止めて、

「この際、意味は関係ないんじゃないの」

「えっ？」

言葉というのは、意味を伝えるものだと思っていたけれど、ちがうのだろうか。

「うん、それより――」

「それより？」

「ちょっと、ネギの青いところが多かったかな」麻婆豆腐の話をしているのだった。

「豆腐の水の切りぐあいは、ちょうどうまくいったんだけど。あまりやりすぎてもぼそぼそするし」

料理に関して紗央は完璧《かんぺき》主義で、わたしもそのおかげをこうむっているのだが、今聞きたいのは、

「さっきの話」強引に話題をもとに戻す。「意味は関係ないってどういうこと？」

「ああ、それなら」紗央は気軽に、「大事なのは二つのことだと思う」

「つまり？」

「まず、その子がその言葉を言った時の状況」

「状況って――」

「お母さんとお風呂に入って、髪を洗ってもらっていた時だよね」

「そうだけど」わたしは言ってから、

「あ、もしかして、シャワーの音というのがポイント？　『雨』を連想して、それが『アマガエル』につながったとか」

「そうじゃないとは、たしかに言いきれないけど」

紗央は礼儀正しく（または辛抱づよく）応じながら、麻婆豆腐の大皿をわたしのほうへ押しやり、

「でも、わたしが考えていたのは別のこと」

わたしは居ずまいを正す。何だかんだ言うより、紗央の考えを聞いたほうがいい気がした。

「髪を洗ってもらう時は――自分で洗う時でも同じだけど――かならず目をつぶるでしょう」

わたしはうなずく。それはそうだ。

「あと、もうひとつ。この場合、意味よりも大事なのは、文字の数なんじゃない？」

「数？」

「ア、マ、ガ、エ、ル、が、わ、ら、っ、た」紗央は一音一音区切るように言い、

「これでいくつになる？」

「十」とわたし。

「そう、十」紗央はレンゲを手にうなずいて、

「目をつぶって十文字の言葉を言う——子供がそんなことをするといったら、何か思い出すことがあるんじゃない？」

こちらを見て、ちょっとのあいだわたしが口を開くのを待っていたようだが、

「わからない？」待ちきれなくなったように、「『だるまさんがころんだ』でしょう」

「あっ、そうか。あれって十文字なんだ」

「目をつぶって『十数える』かわりに、十文字の言葉を言う。そういうルールだよね」

わたしがはじめて気づいたことを、紗央は当たり前のように口にした。

「もとの言葉自体、意味なんてないようなものだから、十文字でさえあれば何でもかまわない。『アマガエル』でも『笑った』でも、誰かがたまたま思いついた言葉で」

「『だるまさんがころんだ』のアレンジというわけね」

「そういうことなんじゃない？　保育園の子供たちの遊び。タクトくんはまだ小さいから参加はしてないと思うけど、大きい子たちが遊んでるのを見て、言葉のところをまねしたんじゃないかな。

その時のしゃべり方――はっきりした声とか、一本調子とかいうのも、そう思えばぴったりくるでしょう」

そう言われれば、たしかにそうだ。

「紗央ちゃん、すごいね。その通りなのかも。昔からある遊びをアレンジするって、子供が気分転換にやることとだし」

わたしはすっきりした気分だった。大西さんから話を聞いた時は、不可解なのと、やっぱりちょっと不気味なのとでもやもやしていたけれど、

「不気味でも何でもないよね。保育園でそういう遊びがはやってる――大きい子たちが思いついてはじめたことを、二歳のタクトくんがまねしたんだと思えば」

わたしはそこまで言ってから、ふと気がついて、

「あ、ちょっと待って、それだと――」

「さっき言ったみたいに、言葉自体の意味はないようなものだけど」

紗央はわたしをさえぎるように、

「それとは別に、『どうして新しい言葉にしたのか』には意味があるんじゃない？」

「えっ、どういうこと？」

「もとの言葉をなぜ変えたのか。気分転換とかじゃなくて、この場合は『変えないといけなかった』んじゃないかな。

子供たちの思いつきじゃなく、先生に言われたのかも。『だるまさんがころんだ』はやめようって」

紗央は淡々とつづけ、わたしはといえばさっきまでの晴れやかな気分はどこへやら、もやもやした霧のような胸騒ぎにとらわれる。

「ただの、わたしの想像だけど」と紗央、「でも大西さんという人の言ったこと——話のはじめのほうに出てきたことと考えあわせると」

「どんなこと？」

「テルマちゃんっていう女の子のこと。最近見かけないけどどうしたのかしら、そう言っていたんでしょう」

「それってつまり——」

今の今まで忘れていた名前だが、そうやって引き合いに出されると、わたしにも紗央の言いたいことがわかった。

「テルマちゃん」と「だるまさん」は響きが似ていると。

もしかしたら「テルマちゃんが転んだ」と言って彼女を転ばせる、そんないたずらがあったせいで、「だるまさんがころんだ」が禁止されたのではないかと。

「その女の子がいじめられてるっていうこと？」

「そこまではいかないのかも。その時だけのありがちなトラブルかもしれないけど」

紗央は静かに、「というか、だったらいいなと思うけど」

最近見かけない――という大西さんの言葉だけでは、その子が保育園を休んでいるのか、朝来る時間が変わっただけなのかわからない。紗央はそんなふうに言う。

「普通に通えていて、仲良しの子もいるのかも。ケンくんやリョウくん、活発な男の子たちを避けてるだけで」

そうか、と思う。さっきわたしが口にしかけて紗央にさえぎられたのは、「保育園ではやっている言葉ならケンくんが知らないのはおかしい」という疑問だった。

ケンくんはよく知っていて、知らないふりをしたのかもしれない。その言葉をめぐるいきさつにやましい気持ちがあったから。

「そういう男の子たちとのあいだで、何かあったんじゃないかな。ちょっとしたことかもしれないけど。

本当の乱暴とか、しつこいいじめとかじゃなくても、男の子はよく女の子に意地悪をするよね。それでも先生たちは『あなたのことが好きだからちょっかいを出してる』なんて。それが本当なら、『好き』っていうのもずいぶん迷惑な話」

紗央は麻婆豆腐のお皿を置いて、卵と海苔《のり》の入ったスープをひと口飲んでから、

「まあ、さっきのあれ、あとのほうはほとんどわたしの想像。合ってるとはぜんぜんかぎらない」

「でも、いろんなことに筋が通るよ。紗央の言う通りだとすると」

わたしはすっかり感心していたのだ。話の内容から、さっきみたいに「紗央ちゃん、すごいね」とはしゃぐ気持ちにはなれないのだが。

「今度大西さんが来たら、話してみる。もしかしたらですけど——って前置きして」

数日後、大西さんはわたしの話をまじめな顔で最後まで聞き、

「テルマちゃんのことはあれから保育園で見かけたし、元気そうだった」考えながらそう言った。

「だけどいつもの時間に来ないのはあいかわらずだし、ケンくんやリョウくんを避けてるといわれたら、たしかにそうなのかもしれない。

もしいじめられてるとしたらかわいそうだけど、といってわたしに何ができるのか——」

「問題があったことは園のほうでもわかっていて、対応を考えてるんじゃないでしょうか」わたしが言う。『だるまさんがころんだ』を言い換えるようにっていうのが、先生からの指導だとしたら」

これも自分の思いつきではなく、紗央がわたしに言ったことだけれど。

「そうね。わたしが出しゃばるのもおかしいから、これからもようすを見ていたらい

いんでしょうね」

大西さんはやや心配そうに帰っていったのだが。

それから何日かしてやってきた時に、大西さんがわたしの顔を見るなり、

「テルマちゃんのこと」開口一番に言った。「朝、前みたいな時間に園に来て、また顔を合わせるようになった」

「ケンくんや、リョウくんとも」

「そう」

「よかったですね」

会ったこともない子供たちの話だが、わたしはすっかりうれしくなる。

「そうなの。それから、もうひとつ」

「何ですか？」

「孫のタクトが、娘とお風呂《ふろ》に入っている時に言ったんですって。やっぱり髪を洗おうとして、目をつぶった時に」

「もしかして」とわたし、「『だるまさんがころんだ』って？」

「そうなのよ。つまり――」

「大きい子たちのトラブルが、本当に解決したってことですね」

「そうなんだけど、それだけじゃなく」

「何でしょう?」

「あなたが小骨を取ってくれたということ。まるであなたの伯父《おじ》さんみたいに、ちゃんとやってくれたということよ」

大西さんはそう言いながら五百円玉を出して、お釣りを受け取り、

「これ、ドライヤーに使うわね」

晴れやかにほほえむと、女湯ののれんをくぐって入っていったのだった。

3

町はずれの丘に建つ銭湯「嵐の湯」に、わざわざ足を運ぶ常連たち——特におばあさんたちのあいだには強固なネットワークがあり、ある種のできごとはたった数日で隅々まで伝わる。

わたしたちが大西さんの相談ごとに解決をつけたことも、さざ波のように、けれども着実に伝わり、番台にすわるわたしへの態度が微妙に変わった。ほんのわずかながら、「敬意」みたいなものが感じられるようになったのだ。

もちろん、それまでばかにされていたというわけではない。

それでも軽い失望みたいなものはあったはずで、まあ無理はないと思う。人望の厚かった伯父の後任が、ごく平凡な二十代の娘なら。

そういう雰囲気はたしかにあり、それを反映した生ぬるい態度——塩気の薄いスープみたいなものに、胡椒《こしょう》のようなぴりっとした味わいが混じるようになった。

もちろん、これはおかしな話だった。「わたしへの態度」と言ったけれど、大西さんの件を解決したのは紗央で、わたしは話を取りついだだけなのだから。

「わたしのことは言わなくていいから。っていうより、言わないで」

紗央から厳命されていたので、大西さんへの説明は、まるでわたしが自分で考えたみたいな形にならざるをえなかった。

わたしに妹がいることはお年寄りたちも知っていた。というより、最初のころにわたしから聞き出していた。

十九歳という年齢から学生だと思っているらしく（わたしも否定しなかった）、銭湯に顔を見せないのも別におかしなことではないと受け取られていた。

そんな妹が――などとは、お年寄りたちは考えもしなかったはずで、それこそ「表に出る」のをきらう紗央本人の望むところだったのだが。

でもそれはそれとして、自分の説が納得され、受け入れられたとわかると、紗央はとても喜んだのだ。

「うれしいものだよね」

口角をわずかに上げ、表情のバリエーションの少ない子にしては最大限「笑顔」に近い顔になって、目を輝かせながらわたしに言った。

「自分が何かを考えて、それがほかの人に喜んでもらえたと思うと」

「だけど、これから先、いろんな人が相談を持ちこんでくるかもよ」わたしは気になっていることを言った。

「おばあさんたちのあいだで、『今度の若い子も、ああ見えて意外と役に立ちそう』なんて話になって。そうなったらどうする？」

わたしが「どうする？」と言ったのは、事実上「困るよね？」という意味だった。

けれども紗央は、

「いいんじゃない？　それはそれで」

そう答えたのだ。平然と。子犬のようにわたしの顔を見上げながら。

「もちろん答えを出せないこともあると思う。でも伯父さんだってそうだったはず。じゃなきゃおかしいよ。妙に尊敬されてたみたいだけど、神様でも何でもないんだから」

「たしかに、それはそうだね」

「その時はその時、そう思ってればいいんじゃないかな。うまくいけば喜んでもらえるし、無理だったらそう言えば、別に怒られたりもしないと思う」

紗央はそう言い、実際にその通りだったのだ。

それ以来、常連のお年寄り——たいていはおばあさんたちが、折に触れて「相談ごと」を持ち込んでくるようになった。

わたしたちが期待に応《こた》えられる場合もあれば、そうでない場合もあって、大げさに感謝されたり、「まあしょうがないわよね、若い人にこんな話をしても」なんて言われたりもした。

それをくり返すうち、だんだんに、わたしたち(というか紗央)の得意分野がお客さんたちにわかってきたのだ。

苦手なのは、人間関係とか、子供や孫の進路とか、いわゆる人生相談っぽい話にアドバイスをすること。

得意なのは、大西さんの「アマガエル」の時みたいに、一見不可解な事柄に筋の通った説明をつけること。

かっこよくいえば「謎」で、それを解明するのが得意ということになり、

「紗央ちゃん、すごい。名探偵みたい」

半分冗談、半分本気くらいでわたしが言うと、

「それ、昔から――」紗央は小さな声でぼそぼそと言う。

「えっ、何?」

「わたしのあこがれの職業だったの」

「そうなの?」

紗央の口から「職業」という言葉が出たのは新鮮だった。それに「あこがれ」がつくとさらに。

かつ内容が「名探偵」となるとさらにさらに。新鮮というか、奇抜というか――

「子供のころの話ね」

紗央はまつげを伏せて言い、口元の感じがちょっとぎこちない。

照れているのだ、とわたしは気づいて、最大級に新鮮な驚きにとらわれる。

十九年も姉妹をやっていて、紗央が照れるところをはじめて見たのだ。

「小学校の三年生か、四年生くらいかな。シャーロック・ホームズとかああいうのを読んで、『探偵事務所が開けたらなあ』なんて思ってた。ミス・マープルもいいな、事務所を開いてはいないけど、警察の人にも尊敬されてて、わたしも早くおばあさんになりたい――とか。

わたしが中学の時、クラスでちょっとした事件があったって言ったよね。おぼえてる？」

くわしいことは知らないが、そんな話があったのはおぼえている。紗央が不登校になったきっかけのことだ。

「その時のわたしの役割は、被害者でも犯人でも、証人でもなかったって言ったよね。つまり――」

「それが、探偵？」

その事件を、紗央が解決にみちびいたというのか。

「そう」紗央はうなずいて、

「でも、うまくいかなかった——わたしが真相を明らかにしたんだけど、その真相というのが、クラスのみんなには気に入らなかったの。今だったらもっとうまくできるのかなって、時々考える。そのこともあって、探偵事務所を開けたらって。だけどそんなのおかしいよね？」

どう応じたものだろうと、わたしは一瞬考えた。

やりたいことがあるのはいいことだよ、と、「理解のある大人」みたいな物言いをするのか。

探偵事務所っていうのは、実際には、小説に出てくるようなのとはちがうみたいだよ、と、「世間を知っている年長者」を気取るのか。

最初のはいやだ。ぜったいに。そして二番目にしても、紗央自身がそのくらいのことは知っているはずなのだ。子供のころならともかく、今は。

それで、結局、わたしが口にした言葉は、

「面白そうだね」

というものだった。

そして、わたしがそう言うと、紗央はうれしそうだったのだ。例によって顔の筋肉はそれほど動かないけれど、目の輝きでわたしにはわかり、

「今度、看板を出したらいいんじゃない？　銭湯のほうに」

そのことがうれしくて、わたしはつづける。

「午前中だけ、あそこを『佐久間紗央探偵事務所』にする」

「いいね」と紗央。「煙突があったり、丘の上に建ってるのも、ミステリアスな雰囲気があって」

「お客さんが来たら、番台で話を聞く」

「わたしが？」

「そりゃ、そうでしょう。探偵なんだから」

「莉央ちゃんが助手として聞いてくれるわけにはいかない？　番台にすわるのは慣れてるし」

「そうはいかないよ。午前中は仕事があるもの」

「そうしてくれれば、わたしは脱衣所にいて、のれんの陰からお客さんの声を聞くんだけどな」紗央は勝手なことを言う。

「声だけでも聞こえたほうが手がかりになるからね。莉央ちゃんが細かいことを伝え忘れないともかぎらないし――」

「だから、無理だってば」

「ちぇっ。じゃあしょうがないな」

紗央が人ぎらいを克服すればいいんだよ、とはわたしは言わなかった。そんなに簡単にできることではないとわかっていたから。

もしそうなら、誰も苦労はしない。

そんな日々の中、何度目かに、事務室で帳簿をめくっている南方エレンに経営状況についてたずねてみた。

「あの、最近、売り上げのほうは――」

「ああ、そのことでしたら」

浅黒い肌と黒い髪、からだつきはほっそりと優雅な女性が、手をページの上に置いて応じる。

この手でブラシをつかみ、洗い場の掃除をひとりでこなしているなんて、何度考えても信じられない。けれどもそれはともかく、

「前にもそう申しましたけど、順調――と言っていいと思いますよ。わたくしどもの基準では」エレンはページをぱらぱらとめくりながら、

「昼のお客さんが少し減っているように思える時もありますが、逆に夜のお客さんが少し増えているかもしれません。それにつられる形で、飲み物の売り上げも多少伸びています。

いっぽう経費のほうはこの季節の例年通りで、要するに、全体の収支はいつもと同様だと思います」

きまじめにそう言い、わたしは安堵《あんど》のため息をついた。

どうやら、伯父《おじ》の遺言通りに「嵐の湯」をつづけていくことができそう。

昼の常連であるお年寄りたちには伯父のファンだった人も多く、その一部は来るのをやめたかもしれないが、そこまでおおぜいではないということだろう。

わたしたちは常連客たちに受け入れられたのだ。表に立って相手をするわたしと、裏で「相談ごと」を解決している紗央の二人が。

そう思うとわたしはうれしかったし、紗央のほうもすっかり張り切っていた。

探偵事務所の看板こそ掲げなかったけれど、がんばって常連たちの問題解決につとめると言い、そのために次のような取り決めをした。

銭湯を訪れたお客さんが「相談ごと」があるとほのめかした時——前置きや口調から「手ごたえがありそう」と感じられた時には、わたしは「話はお風呂《ふろ》のあとでゆっくり」と言って、ひそかに紗央に電話し、ベルを三回鳴らして切る。

紗央はダッシュで勝手口（待合室の横手にある）のところへやってきて、ドアの隙間からようすをうかがい、ころあいを見て入ってくると番台にすべりこむ。そのあとはわたしの足元でひざを抱え、「体育すわり」の姿勢をとる。

そのままそこにすわって、上がってきたお客さんの話を聞く。お客さんには紗央の姿が見えず、紗央にもお客さんの顔は見えないが、声は聞こえる。お客さんが帰ると抜け出して家に戻り、そのあとマイペースで今聞いた話の解決を考える、というぐあい。

たとえ紗央が聞いた瞬間に解決してしまったとしても、わたしに伝えるのは夕食の時だし、わたしがお客さんに話すのはその人が次に来た時になる。

時間的にはそれでかまわない——探偵事務所や警察ではなく、銭湯に持ちこまれる謎といえば、本当の犯罪でも、緊急のものでもないからだ。

時間の問題が切実なのは、むしろ、番台の中にいる紗央にとってかもしれない。何しろ、番台自体はゆとりのある大きさだけれど、そばを通る人に姿を見られないためには、隅のほうにもぐりこまざるをえない。

小柄できゃしゃな紗央でも、もちろん窮屈に決まっている。お客さんのとぎれた時にこっそり出ていけるよう、わたしがGOサインを出すわけだが——

その機会がなかなか訪れない時もある。まあそんなにひんぱんにではないけれど。「相談ごと」を抱えたお客さんはピーク時をはずして来るし、一日じゅう混雑するような銭湯ではないし。

けれどもある時は、いつになくお客さんの出入りがつづいたり、出てきた人が立ち話をはじめたりで、紗央は話を聞き終えたあとさらに数十分間、番台の隅の物陰ですごすはめになった。

そこでひざを抱えたままぐっすり眠ってしまい、起こす時には頭をちょっとこづいただけでは足りず、髪に指を入れてがしがしとかき回さないといけなかったほど。

そして面白いのは、その時に聞いた話が、そんな紗央自身の状況とちょっと似たものだったことだ。


「どうしても納得できない。わたしの勘違いなんてことはありえないんだもの」

訴えたのは磯部《いそべ》さん、来週七十歳になるという小柄できびきびした女性だ。ご主人は大きな会社の顧問をしていて、暮らしむきは裕福らしいのに、化粧気はなく服装も質素。

もちろん銭湯に来る時はみんな普段着だけれど、磯部さんはどこで会ってもあんな感じ――と、いつか誰かが言っていた。

お子さんは独立して夫婦二人暮らし、ご主人は今も毎日出勤しているから気楽な立場のはずだが、だからといって出歩きもせず、庭仕事や掃除、整理整頓《せいとん》などに精を出しているらしい。

楽しみは時たまの銭湯と、決まった予定としては火曜日の市民講座（古典文学）お

よび木曜日の水泳教室。どちらも大好きで欠かさず通っているといい、

「だから、昨日もね」

その日は金曜日だったから、昨日は水泳教室の日だ。

「出かけるつもりで、すっかり準備をしていたわけ。服の下に水着を着ておいたり。ほら、競泳用のあれって、着るのにけっこう手間どるじゃない。もちろん選手が着るような本格的なやつじゃないけど、それでもそれなりに。結婚指輪をはずして箪笥《たんす》の上に置いたり。泳いでいる時に抜けたりしたらおおごとじゃない。海じゃなくてプールだから、見つかることは見つかるでしょうけどね。そして最後に、タオルを取りに洗面所に行った時、大変なことになったのよ」

「大変なこと?」

「タオルをバッグに入れていたら、いきなりうしろでドアが閉まった。半分開けてあったのが、『バタン』と音を立てて閉まったの。それといっしょに、廊下のほうからも『バタン』。何か大きなものが倒れるみたいな音がして。のぞいてみようと思ったら、ドアが開かない。ほんのちょっと隙間があくだけで、あとはびくともしないの。

しばらく考えて、どういうことなのかわかった。午前中に届いた荷物——夫が通販

で取り寄せた棚板が、廊下の壁に立てかけてあったのね。

宅配便の人がそこに置いていったのを、重いからついそのままにしておいたのよ。立てかけてあった場所が、悪いことに、ちょうど洗面所の向かい。それがふとしたはずみに倒れて」

「その板が、洗面所のドアをふさいじゃったんですか？」

「そう、外からつっかい棒をしたみたいに。隙間からは指一本出せないから、どうすることもできない」

そういえば、似たような話を聞いたことがある――こたつの板が倒れて、トイレに閉じこめられたとか。立てかけたものがふいに倒れるのはままあることだから、ドアの向かい側だけはやめておいたほうがよさそう。

「これはもう夕方まで――夫が帰ってくるまでこうしているしかないのかしらと思ったけど、さいわいバッグが手元にあって、バッグの中には携帯電話が」

「ああ、それはよかったですね」

「それで娘に電話したら、『すぐには行けないけど、一時すぎなら』。その時が一時だったから、一時間ちょっとの辛抱ということ。

そういうわけで、洗面所の椅子にすわって待っていた。することもないから、しばらくたつと眠くなって。

どのくらいたったのかしら。『ピンポーン』っていう、玄関のチャイムの音で目がさめた。そのあとガチャガチャと玄関の鍵《かぎ》を回す音。夢うつつに、ああ娘が来てくれたんだなって。夫ならチャイムなんて鳴らさないし、ほかの人は鍵を持っていないし。

それから洗面所のドアが開くと、娘が廊下に立っていて、でも何だか変な顔をしているのよ。

『ありがとう、助かったわ』わたしがそう言ったら、

『それ、どういう意味？』

何を言ってるのかわからなかったけど、娘のほうもそんな顔つき——わたしが何を言ってるのかわからないみたいな。

『そりゃそうでしょう？　何しろ閉じこめられて——』

『電話でそう言ってたけど、このドア、普通に開いたわよ？』

『えっ？』

びっくりして廊下に出たら、棚板はもと通り壁に立てかけてあるじゃないの。

『これ、あなたが戻したんじゃなくて？』

『わたしが来た時からこうだった』と娘は言うのよ。『ドアには何もつっかえたりしてなくて、お母さんは閉じこめられてなんかいなくて、出ようと思えば出られたのよ』

大まじめに言うけど、そんなことがあるはずはない。

それはまあ、わたしも、棚板が倒れるところを実際に見たわけじゃないわよ。だけどいかにもそんな感じの音がして、ドアが閉まって、金輪際開かなくなったんだから。狐につままれたような、って言うでしょう。まさにそんな感じ。わたしが茫然《ぼうぜん》としていたら、

『いやだ、お母さん、寝ぼけたんじゃないの？』

『たしかに寝てたけど、それはあなたに電話したあとの話よ』

『だったら、寝てるあいだに誰か入ったということ？　泥棒？　何かなくなったものでもあるの？』

娘と二人で家の中を見たけど、物色されたようすもないし、これといってなくなったものもない。

『お父さんが忘れ物でも取りにきて、ついでに棚板を戻して出ていった――なんてことは、まずありそうにないわよね』

夫の勤め先までは電車を乗り継いで一時間くらい。忘れ物を取りにでも何でも、気軽に戻ってきてまた戻っていくなんて距離じゃない。あとで本人にたしかめても『そんなことをするはずがないだろう』って。

娘が来た時、玄関には鍵がかかっていたそうだけど、出ていく時にかけるのは鍵を

持ってなくてもできることなの。ボタンを押してドアを閉めれば、それだけでかかるやつだから。

問題は入る時で、鍵を持っているか、でなければプロの泥棒ということになるけど――

でも、そんな泥棒が、いったい何をしにきたというのかしら。

さっきも言った通りなくなっているものもないし、家の中は荒らされていない――どころか、倒れたはずの棚板がもとに戻されていたくらい。

おかしな話でしょう？　夫と娘が声をそろえて、わたしの勘違いだとか、夢でも見たんだろうとか言うのもわからなくはないの。

だけど夢でも勘違いでもなく、あの時は本当に洗面所のドアがふさがっていた。それはたしかだけど、娘が来た時はそうじゃなかったのもたしか。

つまり、わたしが眠っているあいだに、誰かが家に入ったのはまちがいないの。だけど誰が？　どうやって？　何のために？」

というのが、磯部さんの相談ごと――番台にすわるわたしと、その足元でひざを抱える紗央（の存在は磯部さんのあずかり知らないことだが）に語った不思議な話だった。

わたし自身はさっぱり見当がつかないまま、いつものように「今度いらっしゃる時までに考えておきます」と言って帰ってもらったのだけれど——

だが夕食の時に顔をあわせた紗央によれば、決してむずかしいことではないそうで、

「あのあと番台から出るほうが、よっぽど大変だった」愛用の割烹着《かっぽう》タイプのエプロン姿で、台所から言う。

「話のほうは、どういうことかすぐにわかったもの」

「えっ、本当？」

「それはそうだけど」冷蔵庫から卵を出して割りながら、

「磯部さんには言わないほうがいいと思う。あの人が近々また来て、『どう、わかった？』なんて訊《き》いてきたら、その時ははぐらかしたほうが」

「何で？　それってどういうこと？」

紗央は溶き卵をフライパンに流し、それを薄くひろげるのにかかりきりで、ろくに返事もしてくれない。今日の夕食は二人とも大好物のオムライスなのだ。

「さっきの話、大事なポイントは三つあると思う」

きれいな木の葉形のオムライス、水菜のサラダなどをテーブルに並べながら、紗央はそう言い、

「昨日が木曜だったことと、磯部さんの年齢。それから、家の中から何もなくなっていなかったこと」

意味がわかるようなわからないような言葉を口にしつつ、自分のオムライスにケチャップをかけ、スプーンの背で全体にのばす。

「何それ？　ええと、木曜だったことと、それから――」

「莉央ちゃん、食べなよ」紗央はスプーンを振って、「オムライス、好きでしょ。さめちゃうよ」

たしかに。わたしはスプーンを口に運び、

「やっぱり、紗央のオムライスが一番おいしい」

本気でそう言った。トマト味のライスを薄焼き卵で包んだ昔風のやつ。

ありあわせの素材と炒《いた》めて、しっかりと味をつけた、甘いけれど甘すぎないライス。それをくるむ、しっとりした黄金色の薄焼き卵。

ちょっとだけぱりっとした表面が、切り取ろうとするスプーンに「まあいいでしょう」と許可をあたえるような。

オムライスは、魔法だと思う。そして一番の魔法は、誰かがそれをつくってくれることだと思う。

わたしは、今、紗央の魔法の力にあずかっている。それだけでなく、子供の時の、もうひとりの人の魔法のことをおぼえている。

紗央はそれをおぼえていないだろうし、今だって魔法をかける側だ。

わたしたち姉妹の不公平は、決して「わたしひとりがお金をかせいでいる」ことだけではない。

オムライスを味わいながら、これまでのこと、これからのことに思いをはせる中で、今日聞いた話に心の焦点が合い、

「磯部さんの話」わたしは気になっていたことを口にした。「家の中から何もなくなっていなかったっていうけど」

「うん？」と紗央。

「それって、泥棒が持っていきそうなものは――という意味だよね。現金か、いわゆる金目のもの。宝石とかは、磯部さんの雰囲気からいって、あまり持ってなさそうだけど」

「うん」

「でも、そういうわかりやすいものじゃなく、一見ぱっとしない古い絵とか掛け軸とかが、実はすごい人の作品だったなんていうことはないかな？

『へたくそな絵だけど、おじいさんが大事にしていたから』なんて言って、捨てずにとってあったやつ。壁に飾るんじゃなく、納戸の隅とかにしまってあって」

「うーん」

紗央のリアクションがずいぶん少ない。食べることに専念しているのだ。狭い番台

に閉じこめられたストレスでお腹がすいたのだろうか。

「そういうのだったら、なくなってもすぐには気づかないよね」わたしはひとりで先をつづける。

「どこかに押しこんであった、実は値打ちのある品物を、誰かがこっそり持ち出した――なんてこともありえるんじゃない？」

「でも」紗央がオムライスを頬ばりながら、「そのははひ、ほふようひや――」

「えっ、何？」

「その場合」水をひと口飲んで、「木曜日じゃなくてもよかったことになる」

どういう意味だろう。わたしはちょっと考えて、

「あ、何曜日でもおかしくないのに、たまたま磯部さんが留守にする日だったのは、泥棒にとってラッキーだったということ？」

昨日は留守ではなかったけれど、閉じこめられた上に居眠りしていたのだから、泥棒にとっては同じことだろう。

「たしかにラッキーだけど」とわたし、「確率でいうと七分の二だよね。磯部さんは火曜日にも習い事があるんだし」

「木曜日じゃないとだめなんだよ」

紗央はいっときスプーンを置いて、わたしをたしなめるように言う。

「さっき言った、もうひとつのこととあわせると」

もうひとつ？　わたしは思い出そうとする。

オムライスを食べはじめる前に、紗央は何と言っていたっけ。木曜だったこと、につづけて、

「磯部さんの、年齢？」

「来週七十歳になるって言ってたよね？」

「そうだけど」

「だから、火曜日じゃだめなんだよ」

それだけ言って、またオムライスに戻る。どうも、食べ終えるまでは、普通にわかりやすい説明をしてもらえないようだ。

「ああ、おいしかった」

何分かあと、紗央が椅子の背に上半身をあずけ、満足した猫みたいな顔で言う。自分でつくったものだろうと何だろうと、おいしかったらそう言うというのが紗央のスタンス。

「おいしかった、ごちそうさま」

わたしも言って、ほうじ茶をいれ、あらためて磯部さんの謎についてたずねてみた。

「あの話ね」紗央は湯呑《ゆの》みを両手ではさみながら、

「ともかく、はっきりしているのは、磯部さんが洗面所で眠っているあいだに誰かが家に入ってきて、また出ていったということ。もし起きているあいだなら、玄関の鍵の音が聞こえたはずだから。

そしてその時入ってきた人には、磯部家は留守のように見えたということ。廊下に棚板が倒れていても、物音ひとつしなければ、誰かが洗面所に閉じこめられてるなんて思わないでしょう。

それでね、誰かがどこかの家に入るとしたら——留守中に入って、出て行くとしたら、その人は何をしにきたと思う?」

「そこにある何かを取りに——」

「とはかぎらないよね。たとえばの話、逆に何かを置きにきたのかも」

紗央はちょっとからかうようにわたしの顔を見ながら、

「だけどこの場合、家のようすには変わったところがなかった。なくなったものはないと言ってたし、たぶん増えたものもなさそうだね」

「でも、さっきわたしが言った——」

「さっき莉央ちゃんが言ったみたいに」紗央はちょっと眉根《まゆね》を寄せ、辛抱しているみたいな口調で、

「あまり目につかないものがなくなっていて、磯部さんが気づいていないだけ——と

いうことだって、まあ、たしかにありえなくはない。だけど、もしそれが泥棒だったら、倒れた棚板を壁に立てかけていったのはどうして？」

わたしは考える。親切心――なんてことはありえない。さっき紗央が言った通り、磯部さんが閉じこめられていることは知るはずもないし。

「倒れたままだと、家が『荒らされた』ように見えるからじゃないかな」

「泥棒が入ったのかも――って、家の中を調べられたりするきっかけになるから？」

「そう」わたしは勢いこんでうなずく。「そういうこと」

「でもさ」紗央は注意を引くようにひとさし指を立てて、

「泥棒の立場からしたら、『留守中の家に入ったら、廊下に棚板が倒れていた』というだけで、いつそうなったのかはわからないんだよ？

留守中に倒れたとはかぎらず、家の人がまだいる時だったかもしれない。その人が急いでいたり、もともとだらしない性格だったりで、それをそのままにして出かけたのかもしれない。

その時は、かえってまずいことになるでしょう？　棚板をわざわざ立てかけたりしたら」

「たしかに――」

「家の人が出かける時に棚板が立ってたとしたら、帰ってきた時に倒れてることをちょっと変に思うかもしれない。でも出かける時に倒れてて、帰ってきた時に立ってたら、『ちょっと』どころではすまないよね。

立てかけてあった棚板が、自然に倒れることはある。だけど倒れていた棚板が自然に起きあがることは絶対にない、そうだよね？」紗央はたたみかけるように言い、

「うん」わたしはたじたじとなる。

「鍵《かぎ》をさらっと開けちゃうようなプロの泥棒なら、そういうことも考えるはず」と紗央。「だから『そのままにしておく』ほうを選ぶと思うんだよね。もし泥棒だったら」

なるほど、とうなずかないわけにはいかないが、

「つまり、紗央が言うのは、『泥棒じゃなかった』ということ？」

「そのほうが自然じゃない？」紗央は肩をすくめて、

「入ってきたのは、その日のその時間、本来なら出かけているという磯部さんの予定をちゃんと知っている人。

家にいるあいだに棚板が倒れたら、それをそのままにして出かけたりするはずがない、そんな磯部さんの性格までわかっている人。

しかも玄関の鍵を持っている人、つまり——」

「磯部さんのご主人？　そういうこと？」

「まあ、そうでしょう」紗央はあっさり、「普通に考えたらそうなるんじゃないかな」

「ご主人が、奥さんが留守にしているはずの時間に、こっそり家に入った？」

「だと思う」うなずいて、「昨日は最初から会社に行ってなくて、近所で時間をつぶしてたんじゃないの。

顧問というのは、そんなに毎日出勤しなくてもいいんでしょう？　わたしはそういうことにくわしくないけど」

「わたしだってよく知らないけど、たぶんそうでしょうね」

わたしはちょっと苦々しい気分で応じる。あまりいい話ではなさそうな予感がしたから。

何しろ、ご主人の行動はいかにもあやしい。自分の家なんだから堂々と出入りすればいいものを、わざわざこそこそと。奥さんの留守をみはからったり、会社に行くふりをして行かなかったり、あとで確認された時にも嘘をついたり。

磯部さんにとって気の毒な話になりはしないだろうか。そういえば紗央もそんなことを言っていた気がする――

つづきを聞きたいような、聞きたくないような気分だったけれど、

「それで、そうだとして？」わたしは紗央をうながす。

「入ったのがご主人だとして――」紗央は言いかけて眉をひそめ、「あんまり好きじ

ゃないな、この言葉」

それは、わたしだって好きじゃない。

「だけど、しょうがないんだよ。『旦那様《だんな》』というのもあまりいい響きじゃないし、

『夫さん』なんて言葉はないし」

「そうだ、名前をつけよう」と紗央。「巻夫さん、というのはどう？」

磯部、という苗字《みょうじ》から思いついたのはわかるが、それにしても――

「まあ、この際それでいいよ」

「じゃあ、その巻夫さんは、何をしに家に入ったと思う？」

「それは――」

話を振っておきながら、紗央はわたしが言いかけるのをさえぎり、

「何かを持ち出した、というのはちょっとありそうにない。だって目につくものなら奥さんが気づくはずだし、逆に目につかないものだとしたら。

さっき莉央ちゃんが言ったみたいな、『なくなっても気づかれないようなもの』を、ほかならぬ巻夫さんが持ち出したいと思ったら、いつでもできることだよね。奥さんの留守にしのびこむ必要なんかなくて」

わたしはうなずく。たしかにそうだ。いくらでもやりようがあるだろう。ちょっとした隙に自分の鞄《かばん》にでも入れておくとか。

『持ち出す』だけじゃなく、『持ち込む』についても同じことがいえる」と紗央。

「つまり、巻夫さんは何かを持ち出したわけでも、持ち込んだわけでもない」

「だったら、目的は、品物じゃなかったことになるね」

当然そういうことになる――わたしはそう思ったのだ。けれども紗央は大げさに眉をあげて、

「どうしてそうなるの？」

「だって、持ち出したわけでも、持ち込んだわけでも――」

「ほかにもいくらでもあるでしょう。わたしたち人間が、品物に対してできることは」

「たとえば？」

「無難なところでは、見るとか、触るとか」

それは、まあ、たしかにそうだ。

「だけど、それこそ、巻夫さんの立場ならいつだってできることじゃないの」わたしは思いきり反論する。「家の中にあるものを見るにしても、触るにしても」

「いつでも、というわけにはいかないのかも。ちらっと見ることはできても、じっくりながめたり、手にとったりなんかは」

何を言おうとしているのか、わたしにはさっぱりわからない。

「だからこそ、木曜日というわけよ」

「えっ？」

「水泳教室の日だよね」紗央は念を押すように、「その時に磯部さんがいつもする準備があるんじゃない？」

「服の下に水着を着たりとか？」

「それじゃなく、もうひとつのほう」

もうひとつって何だっけ。わたしは考えて、

「そうだ、指輪。抜けるとまずいからはずしておくんだっけ？」

「そう。いつもつけている結婚指輪をはずして、家に置いて出かけていく。

莉央ちゃん、言ってたよね。磯部さんって、暮らし向きのわりに着るものは質素、宝石なんて持ってなさそうだって」

「うん――」

「別に我慢してるわけじゃなく、もともとそういう人なんだろうけど、巻夫さんとしてはこの機会にプレゼントしてあげようと思ったんじゃないの」

「この機会？」

紗央は露骨に「そんなこともわからないのか」という顔をして、

「来週七十歳になるって言ったじゃない。別の言い方をすれば、来週誕生日が来るってことでしょう」

わたしは不意をつかれる。そうだ。そして「誕生日」という言葉ひとつで、家族がこそこそした行動をとるということの意味が、まったくちがって見えてくる。

「やさしい夫の巻夫さんは、奥さんの誕生日に、素敵な指輪をあげようと思った」紗央は当たり前のような顔でつづけて、

「だけど指輪にはサイズがあって、奥さんのサイズを知らない人のほうがきっと多いよね。わたしなんて自分のも知らないくらいだし。

サプライズの贈り物だから、もちろん、奥さんに訊《き》くわけにも、指に糸を巻いて測るわけにもいかない。

今持っている指輪を紙の上に置いて、鉛筆でなぞればサイズがわかる。でも奥さんは質素な人で、持ってるのは結婚指輪くらい、それはいつも指につけているから——」

「はずして置いていく日に、こっそり家にしのびこんだ。そういうこと？」

「そう」紗央はうなずいて、「だから火曜日というわけにはいかなかったの。古典文学の講座に行く時は、指輪をはずさないからね」

「紗央が最初に言ったのはそういう意味だったんだ。磯部さんには答えを教えないほうがいいって」

「そういうこと。磯部さんが次に来るのがいつか、誕生日が来週のいつかということによるけど。

さてと、今日は九時から『サバンナの動物スペシャル』を見るから、先にお風呂《ふろ》に入らなくちゃ。莉央ちゃんもそろそろ戻らないと、南方兄妹《きょうだい》のどっちかがじりじりして待ってるよ？」

そういうわけで、磯部さんが次に来た時――翌週の水曜日にやってきて、物問いたげなまなざしを向けてきた時、

「すみません、あれからちょっと忙しくて、この前のことはまだ」

わたしのほうでは、そんなふうに言ってごまかしたのだ。

そして、さらに数日後の土曜日。ふだん週末には来ない磯部さんが珍しく顔を見せると、

「この前話したあれ、わかったの」

番台のほうへ来るなり、はずんだ調子で言った。

「あ、そうなんですか？」

「そう。それがね、実は昨日がわたしの誕生日で」

言いかけてふり返り、順番を待っている親子連れや学生さんの姿を見て、

「また今度説明する。忙しいのにごめんなさい。それにしても――」

番台の横を通りすぎながら、あとはひとりごとのように、

「男の人って、時々、びっくりするような無駄づかいをするわね」

いつも通り化粧気のない頬をちょっと染め、きらきら輝く目を細めて、女湯ののれんをくぐっていったのだった。


そんなふうに、まずまず順調——と思っていたある日、番台の電話が鳴った。

もちろん電話はしょっちゅうかかってきて、簡単なことなら（営業時間の問い合わせ、忘れ物の連絡など）自分で応対し、複雑になると南方エレンに伝える。

けれどもその時の電話は、おそらくはじめて、わたしを名指しでかかってきたのだ。

「佐久間莉央さんはいらっしゃいますか」聞きおぼえのない男の人の声。

「わたしですが」

「そうですか。こちらは税務署の者で、三村《みむら》と申します。実は、経営されている銭湯の件で、少々おうかがいしたいことがありまして」

税務署からの電話というと、特にうしろめたいことなんてなくても、とっさに緊張する人が多いのではないだろうか。

けれどもおかしいのは、先方も緊張しているような、ためらいがちに言葉を選んでいるような雰囲気だったことで、

「近々、どこかでお会いすることは可能でしょうか。お近くの喫茶店とか、そういったところで」

口にしたのも、やや意外な言葉だった。

「税務調査とか、そういうことではありません。いわば非公式に、お話をうかがえればと」

いったいどういうことなのだろう。

よくわからないが、実際の経営は南方兄妹、特にエレンがとりしきっている。わたしが出向くにしても、先に彼女に相談したほうが――

そんなわたしの内心を、相手は受話器ごしに読みとったみたいに、

「このことはぜひ内密に」早口に言うのだった。「何しろ異例のことですので。一般の方にも、それから――従業員の方たちにも」

「は？」

「特に、従業員の方たちには」念を押すようにくり返し、

「おひとりではちょっと、ということでしたら、同じく経営者の――妹さんでしょうか、佐久間紗央さんに同席していただいても結構ですが」

親切で言ってくれているのだろうが、人ぎらいの紗央が腰をあげるかどうかは心もとない。

「ともかく、一度お会いして。時間も場所も、ご都合に合わせますので」

「わかりました」

迷った末にそう言ったのは、相手の熱心さに押し切られたのが半分、好奇心が半分というところ。そしてわたしが承諾すると、

「ありがとうございます」

相手の声の調子が変わった。安心したような明るい声——素直というか少年っぽいというか。

わたしが勝手に抱いていた「税務署の人」のイメージとは、いくぶんそぐわないものだったのだが。

数日後に対面した三村さんは、見るからにその勝手なイメージのほうに近い人だった。

どちらかといえば色白、量の多い髪を（ややぼさぼさだが）七三に分け、紺系統のスーツ姿。いかにもまじめそうというか、融通がきかなそうというか。

顔立ちは特に悪いわけではないが、だからといってよくもなく、どちらの意味でも目立たない。年はわたしと似たようなもの、二十代なかばのどこかだろう。

午前中の喫茶店で、そんな三村さんと向かいあっているのはわたしひとり。紗央を誘ってみたけれど、来なかったのだ。まあ別に驚くような話ではない。

「お忙しい中、わざわざ申し訳ありません」

わたしに向かっていねいに頭をさげ、

「びっくりされたかと思います。お呼び立てしたのは、実はですね――」

前置きしたわりに、なかなか話をつづけず、わたしが辛抱づよく待っていると、

「税務調査、という言葉はお聞きになったことがあるでしょう」

「はい」

「調査というのは、ざっくり言えば、『払っている税金が少なすぎる』、つまり脱税をしているのではという疑問が生じた時に行われます」

脱税？　「嵐の湯」がそんな疑いをかけられているのだろうか？　いや、でも、電話の時に「調査ではない」と言っていたはず――

「脱税の一般的なパターンは、商売などの利益を実際より少なく見せる。要は売り上げを少なく、または経費を多く申告することです。ここまではいいですね」

「はい」

「そして、佐久間さんが経営を引き継がれた『嵐の湯』の場合――」

わたしは緊張する。何が問題だというのだろう。

「実のところ、申告内容には不審な点がある。ただし」身を乗り出して、「利益が少ないのではなく、その逆なのです」

「は？」

「売り上げのほうは、まあそんなものでしょう。しかし経費が安すぎる。同規模のほかの銭湯とくらべて、まずありえないほど」

「そうなんですか？」

そんなことは夢にも思わなかった。わたしはびっくりするが、

「申告上はわずかながら利益が出ていることになっていますが、普通に考えてそれはおかしいんです」

三村さんは熱心な口調で先をつづける。

「わたしもこの近くというか、駅の反対側に住んでいまして、以前はそちら側にも銭湯がありました。経営不振で廃業してしまったのですが。場所も駅から近く、客の入りは『嵐の湯』よりだいぶ多かったはずで」

「それでも廃業してしまう――」

「そう、それが自然なんです。本来、あの程度の入りで、黒字になるはずはないんですよ。

開店時間も二時と、普通より早いですし。長く開けていればもちろん経費もかさみます。まあ閉店も早めなので、その分は相殺《そうさい》されますが」

「あの」とわたし、「経費が安いというのは、たとえばどのような――」

「まず、人件費。そもそも従業員が二人だけというのは少ないわけですが」

たしかに、それはわたし自身も気になっていたことだ。

「ひとりあたりの給料も、どうも破格に安いようで」

知らなかった。事務を引き受けている南方エレンから月末に帳簿を見せられはするものの、ちゃんと目を通してはいなかったのだ。まさに名ばかりの経営者、バイト感覚で番台を引き受けているだけなのがありありとわかる。

「それなりにきつい仕事ですから、相場はそこそこの額になります」と三村さん。

「それから、水道光熱費。銭湯においてはここが非常に大きいわけですが」

「それも安いんですか」

「ええ。ほかの銭湯とくらべるときわだって。薪《まき》を使う場合は石油より安くなるはずですが、だとしてもやや異常なくらいに」

「もしそうなら、どうしてそれでやっていけるんでしょう？」わたしは疑問をぶつける。

「よそと同じように浴槽にお湯があって、シャワーも使えて、掃除もゆきとどいてきれいになっているはずですが、どうやったらそんなことができるんでしょうか？」

「それをこちらがおたずねしたいところですが」三村さんはおだやかに、「思った通り、どうやらご存じないようですね」

わたしはしばらく黙って考えをめぐらせていた——とはいえ、回し車の中のハムスターみたいに、少しも前に進んでいる気がしない。
「少なくとも数年前から、そうした状況がつづいていて」三村さんがまた口を開き、
「たまたま気づいたわたしが職場で話題にしたこともあります。ですが上司をはじめ
まわりの反応は、たしかに不可解ではあるものの脱税ではない。むしろ税金を余分に
払っているのだから、わざわざ追及することもないだろうと言いたげなもので。
　前のオーナーの時は、オーナーに何か考えがおありなのかと思っていました。従業
員の給料にしろ、水道光熱費にしろ、実際にはもっと高く、自腹を切って穴埋めしな
がら、帳簿上は低く記載しているのかと」
「そういうのは、よくあることなんですか？」
「いいえ」三村さんはきっぱり首を振る。
「個人経営の店が赤字なら、オーナーが自腹を切るのは普通ですが、わざわざ帳簿上
黒字にして税金を払うとなると理解を絶します。
　そして砂田さんが亡くなられ、若いご親戚《しんせき》が引き継いだ今も、同じような状況で営
業しているということは」
「ということは？」
「確認させてほしいのですが」わたしの顔をのぞきこむように見て、「佐久間さんは
番台にすわるだけで、経理などは従業員にまかせていらっしゃるのでしょうね？」

「ええ――」

「となると、あの従業員たちが、自分たちの一存でやっている」

「つまり、南方兄妹が」わたしは信じられない思いで、

「相場よりずっと安い給料できつい仕事をし、オーナーでもないのに自腹を切って、水道代や燃料費の穴埋めまでしながら『嵐の湯』をつづけている――おっしゃるのはそういうことですか？」

「なおかつ、帳簿を操作して黒字に見せかけ、オーナーに利益が出るようにしている」

三村さんはつけ加える。「金額はご承知の通りで、そこまで大きくはないでしょうが」

そう聞いて言葉もなく、たぶん口をぽかんと開けていたわたしに、

「いうまでもなく、たいへん珍しいことです」

三村さんがおだやかな、やさしいとすらいえる口調で言う。

「あの――」わたしは混乱して、「どう言ったらいいか、というより、どういうふうに考えたらいいのか――」

「もちろん、わたしにも理解できないのですが――」

しばらく間があく。言葉の切り方に含みがありそうな気がして、

「何かお考えがあるんでしょうか？」

わたしがたずねると、三村さんはテーブルに置いていた手帳をもてあそびながら、

「いくぶん空想的かもしれません。いえ、『いくぶん』なんていうことはなく、空想的そのものかもしれませんが。

もしかしたら、あの従業員たちにはひそかな目的があって、銭湯はその隠れ蓑《みの》になっているのではないでしょうか」

「それは、いったいどのような──」

「たいへん空想的なところでは、ボイラーに薪をくべる時、いっしょに何か──普通に捨てられないようなものを焼却しているとか。

たとえば犯罪の証拠品などを焼却する、そういう依頼を引き受けて、商売にしているとか。何らかの組織、あるいは個人のプロフェッショナルとつながりを持って。

これがすごく儲《もう》かるとしたら、銭湯のほうは採算度外視でいいですよね」

わたしは向かいあってすわる男の人の顔をつくづくと見た。

高級品には見えないスーツに無難なネクタイ、いかにも堅実で、頭もよさそうないわゆる常識人タイプの人。

けれども話をここまで聞くと、とうてい常識人とはいえそうにない。銭湯の常連のおばあさんたち、伯父《おじ》について「スパイだったのかも」なんて無責任なことを言う人たちと選ぶところがないのでは──

「あくまでもたとえ話、ここだけの話です」

三村さんはわたしの顔を見て、ややばつが悪そうに、

「現実的でないのはわかっていますから、職場では言っていませんし、もちろん言うつもりもありません。

ただ、そんなことまで考えてしまうような、不自然な状況が現にあるということで」

「はあ──」

「今日お呼びたてしたのは、佐久間さんがご存じかどうか、おそらくご存じないと思ったので、一応お話だけしておこうと。

気をつけていただきたいといいますか。あの従業員たち、まさかそこまで悪人とも思えませんが、ひと筋縄でいかない印象がありますから」

ここでわたしは、少し前から漠然と気になっていたことをはっきりと意識した。

「あの」とわたし。

「はい」と三村さん。

「うちの従業員たち、南方グレンとエレンの二人に会われたことがあるんでしょうか?」

さっきの言い方だとそう聞こえる。それ以外にも、「嵐の湯」について、申告書の数字以外にもよく知っているような──

「実は、お湯に入りに行ったことがあります。さっき言ったような疑問を抱いたこと

がそもそものきっかけで、それに近場の銭湯は廃業してしまいましたし。

住んでいる物件にも風呂《ふろ》がついていないわけではありませんが、何しろ狭いもので──」どこか言い訳っぽく言ってから、

「そういうわけで、前のオーナーの時に何度か行って、従業員たちの姿は見かけましたし、お客さんたちの話も耳にしています。佐久間さんが引き継がれてからも、二度ほどお邪魔したことがあります」

「あの──」

「ちなみに、二度とも、番台は佐久間さんでした」いくぶん上目づかいに、「もちろん、おぼえていらっしゃらないですよね」

「あ、すみません」

「いえ、当然だと思います」三村さんは伝票を手元に引き寄せると、

「それでは、お気をつけて──というと大げさですが、さっきのことはよくお考えになってみてください。

何しろ、不自然なことがあるのはたしかですから。どなたか信頼のおける人に相談するとか」

こう言われて、わたしの頭に、なぜか倉石さんのことが浮かんできた。

母のお墓参りに行ったわたしに声をかけてきた、弁護士の城戸先生の助手。その後

も事務所で何度か会い、先生に電話する時はいつも取りついでくれる人。

どうして城戸先生ではなく倉石さんなのか、自分でもわからず、意外だったのだけれど。

4

頭の上で小鳥の鳴く声がする。

ずっと前のように思えるけれど実際にはふた月もたっていない、母の命日のことを思い出す。夏の気配の残る墓地で、弁護士事務所の倉石さんに声をかけられ、それがそもそものはじまりだった。

さえずっている小鳥の名前を教えてくれた――たしかカワラヒワだっけ。

今は秋もすっかり深まり、場所も墓地ではなく、「嵐の湯」の裏手の雑木林だった。聞こえてくる鳥の声もあの時のとはちがう。ツーツーピー、という澄んだ響きで、

「シジュウカラだよ」

そう教えてくれるのは紗央だ。たまには二人で散歩でも、と出かけてきたのである。

「そうなんだ。くわしいね」

「くわしくはないけど、シジュウカラくらいは常識だよ」

住宅地のはずれにある小さな丘、建物といえば「嵐の湯」とその背後のささやかな

家だけ。営業時間外や定休日の火曜(今日がそう)には、ほとんどひと気がない。ごくまれに、犬の散歩や何かで、訪れる人がいないこともないけれど。

人ぎらいの妹と散歩をするにはちょうどいい場所で、紗央にとっては実益も兼ねていた——食べられる野草の収穫。その目的にあわせて、小ぶりのバスケットを片手にさげている。

愛用のブーツで落ち葉をざくざくと踏んで歩きながら、地面のあちこちに目を走らせる妹に向かい、

「この前話した、経費のことだけど」わたしが切り出す。

「うん、何かわかった?」

「まず、人件費。南方兄妹《きょうだい》の給料が安い——すごく安いっていうのは、帳簿を見ればすぐわかること。これまでちゃんと見てなかったっていうだけで」

仕事内容を考えれば、とんでもない安さといえるほどで、それで雇える人なんて普通はいないだろう。

紗央はふとかがみこむと、何かの草に手をのばし、葉をためつすがめつして、

「水道とか、燃料代のほうは?」

「そっちのほうは、数字を見てもわからないけど」

これについては相場の見当がつかない。話を聞けるような銭湯経営者の知り合いも

いないが、

「銭湯をやっている人のブログとかは見てみたんだよ。はっきり数字が書いてあるわけじゃないけど、やっぱりもっと高そう――もしかしたらうちの倍くらいかも」

「税務署の人の言う通りなんだね」葉から手を離して立ちあがり、「まさに不審な点がある」

「そう」

「だとしたら、どうする？」

「できることはひとつ――じゃなくて、二つかな。南方兄妹と話すか、誰かに相談するか」

「誰かって？」

「城戸先生、かな」

そう応じながら、わたしはあさってのほうを向く。頰が赤くなっているかもと思って、紗央の目を避けたのだ。

城戸先生のことを思い出すと、趣味のいい調度をそろえたオフィスが目に浮かび、そこの備品のひとつのような倉石さんの姿が頭に浮かぶ。

細身だが肩幅がある、スーツの似合う体つき。うしろに向かってなでつけた、ビジネスシーンにはほんの少し長めの真黒な髪、そんな髪形が似合う彫りの深い顔立ち。

「もちろん、南方兄妹に直接訊《き》くのが一番早いんだけど」わたしは話をそらし、「だけど、それがなかなかね」

これまでにも話そうとしたことはある——とはいえ、簡単にはいかないというのが正直なところ。

「何しろ、二人とも忙しくて、声もかけづらいからね。開店前はやることがたくさんあるし、そのあとはわたしが番台でお客さんの相手。夜は時間も遅いから、最低限のことだけすませて帰りたいに決まってるし」

「そうだろうけど、それだけじゃなく」

立ちどまってかがみこむと、小道のそばの草を調べ、求めるものではなかったらしく立ち上がって、

「話すとなると、グレンのほうはつっかえつっかえ、エレンのほうは逆になめらかすぎて——」

「そう」わたしは力をこめてうなずく。「なめらかすぎて、つるつるすべるみたいな。つかみどころがなくて、いつの間にか話をそらされているみたいな感じ」

「ずっと前、わたしが言ったでしょう」と紗央、「グレンは岩を切り出してつくったお人形、エレンは流木を削ったお人形だって」

わたしは紗央の顔を見る。小柄できゃしゃで、ふわふわの長い髪を垂らし、十五歳

にしか見えない十九歳の妹。

こんなふうに林の中で、薄手のワンピースにカーディガン姿、バスケットまで持っていると、本人が絵本かアニメの登場人物のよう——とはいうものの、おとぎ話をそのまま信じているはずもない。

何しろ紗央は「探偵」でもあるのだから。

少なくともある程度、現実がどんなものかを知っていなければ、謎の解決なんてできるはずがないのだ。たとえ日常の延長のささやかな謎、銭湯の番台に持ち込まれるようなものだとしても。

「おぼえてるけど」わたしは用心深く、「でもまさか本気で言ったわけじゃないよね？」

「まあそうだけど」紗央はあいまいにうなずいて、『人間くさくない』とも言ったでしょう？　それもおぼえてる？」

今度はわたしがうなずくと、紗央はつづけて、

「税務署の人が言ったみたいな、犯罪組織とつながってどうこうなんていうのは、その反対、すごく人間くさいことだと思うんだよね」

あの二人にはまず似合わない、やりそうにないことだと思う。

わたしは紗央の言ったことを考えてみた。

「そうだね。たしかにあの二人、うさんくさく見える時もあるけど、悪い人とは思え

ないし」

「いいとか悪いとかっていうより」と紗央、「そんな連中とつながるにしては、エレンは賢すぎるし、お兄さんのグレンのほうは、頭が悪すぎるんじゃないかな」

ずいぶん身もふたもない言い方——特にグレンに関して。

「紗央は、グレンと仲良しなのかと思ってたよ」

これまでに聞いた話では、ネギの世話や何かで裏庭に出る時、しばしばボイラー室の外で休憩中のグレンの姿を目撃し、目と目が合うこともあるらしい。

だからといって話しかけるような紗央ではなく、またグレンでもない。それでも暗黙の了解めいた空気が流れるのだという。おたがいを不愉快には思わず、そこにいることを認めるとでもいうような。

「仲良しっていうのはないね」紗央は断言し、「それでも——」

「それでも？」

「莉央ちゃんも知ってる通り、わたしは友達っていたことがないけど」紗央は当たり前のことを話すような口調で、「もしかしたら、これまでで一番それに近い、友達みたいなものかもしれない」

友達。その言葉を聞きながら、わたしは二人が裏庭にいるところを想像する。

外国人の大男と、小柄できゃしゃで少女然とした妹。かけはなれた印象の二人が、敷地内にある二つの建物の裏手にたたずみ、おたがいの存在を認識しつつ口もきかない。

そんな間柄を「友達」というのは、自然の豊かなところに住んでいて、よく見かける野生動物をそう呼ぶような感覚ではないだろうか。

たしかにグレンには、大きな草食動物みたいに無害に見えるところがある。でも三村さんの言う通り、不可解な行動をとっているのはたしかで――

南方兄妹の目的は何なのか。そもそも、南方兄妹とはいったい何者なのか。

銭湯の常連客、噂話の好きなおばあさんたちも、どうやら彼らのことはよく知らないらしい。

「よくやっているわよね。外国人なのに。もともとの国には銭湯なんてないでしょうに」

などと評するわりに、「もともとの国」がどこなのかは知らず、さらに言えば特別興味もないようなのだ。

おばあさんたちの話からわかったのは、彼らが働きはじめたのは五、六年前――伯《お》父《じ》の代になって少したってから。当時何人もいた従業員がしだいに減って、二人だけで回すようになっていったということくらい。

「考えてみると何も知らないよね、あの二人のこと」とわたし。「たとえばどのあたりに住んでいるのか――」

もちろん、事務所にある控えを見れば、住所は書いてあるはずなのだが。

「休みの日に何をしているのか。お昼や夜の食事をどうしているのかさえ」

「ビスコが主食なんじゃないの？」と紗央。「グレンが食べてるところ、何度も見たし」

「いくら何でもそれは――」

「主食っていうか、燃料かな。やっぱりお人形で」紗央は無頓着《むとんちゃく》にあとをつづける。「だとしたら人件費が安いのも当たり前、家賃もいらない――仕事が終わったら倉庫の隅の箱にでも入って、自分でスイッチを切ればいいんだから」

「紗央ったら、またそんな」

「だって莉央ちゃん、あの二人が出勤してくるところや、帰るところを見たことがある？　ないでしょう？」

最後の言葉は、言われてみればたしかにその通りなのだった。

夜はあの二人に戸締まりをまかせて帰り、朝は家の中で物音を聞いて「二人が出勤して、仕事をはじめたんだな」と思う。

仮の話、二人が帰宅も出勤もせず、銭湯の片隅にずっと身をひそめているとしても、わたしたちにはそのことがわからない――

わたしは頭を振る。もちろんありそうにない、あるはずのないこと。

「話はちがうけど」紗央も本気ではないらしく、「税務署の人、三村さんっていったっけ。最近よく来るんだよね？」

そう、三村さんは、あれからちょくちょく顔を見せるようになった。週に一回か二回、平日の夜にやってくる。時間は遅く、閉店ぎりぎりのことも。普通に来て、普通に帰っていくので、もちろんただお風呂《ふろ》に入りにきているのだろう。

わたしの顔を見ると「こんばんは」と言うものの、それ以上話をするわけでもない。スーツではなく普段着だから、職場からいったん家に帰って着替えているはず。

たしか駅の反対側に住んでいるという話で、駅のすぐそばなら、ここまで歩けない距離ではない。相当物好きという気もするけれど——

「うちのお湯が気にいったのかな」

わたしの言葉に紗央は何も言わず、また草を摘んで立ち上がると、

「その人さ」ふいにわたしの顔をまっすぐのぞきこむ。「莉央ちゃんのことを困らせたりしない？」

「どういう意味？」

わたしはちょっと驚く——紗央の口調に奇妙な真剣さがあったから。

「いいの、そうじゃないなら別に」急に調子を変えて、「そうだ。教えてよ。今度その人が来たら」

「えっ、どうして?」

「顔を見てみたいから」

「だから何で?」

「面白そうな人じゃない。めったにいないよ? 銭湯の従業員が犯罪組織とつながって、ボイラーで証拠品を処分してる——とか言い出す税務署員なんて」

その通りで、もしかしたら紗央と気が合うかもしれない。紗央のほうも、「銭湯の建物で探偵事務所を開きたい」などと言い出すやつなのだから。

「ね、電話してよ。『相談ごと』のあるお客さんが来た時みたいに。三回じゃなく、五回鳴らしてから切って」

「それで、いつもみたいに番台の中に入るの?」

「それじゃだめだよ、顔が見えないもの」

たしかに、それはそうだ。

「合図があったら、しばらくあとに表をぶらぶらしてる。その人が帰るところを見られるように」

人ぎらいの紗央にしては、ずいぶん思い切った発言だが、

「でも、夜だよ」わたしは念を押す。「それも遅い時間だから、来た時だって紗央は寝ちゃってるんじゃないかな」

「ちぇっ」

紗央は肩をすくめる。好奇心のために人ぎらいのポリシーを多少曲げるとしても、睡眠を犠牲にするつもりはさらさらないようだ。

「じゃあ、昼。昼にその人が来ることがあったら――」

「それだと土日になると思うけど、いいの？」

人の多い土日には外に出ない（文字通り一歩も）というのがふだんの紗央のポリシーなのだが、

「いいよ」受けて立つように、「その時は電話して。わかった？」

ずいぶんこだわるなと思いながら、わたしは「わかった」と言った。

特に断る理由もないし、三村さんがわざわざ休みの日に来ることもないだろうとたかをくくってもいた。ところが――

それから数日後、平日の午後に、三村さんがいつものような普段着でやってきたのだ。

「今日は代休なので」

わたしが驚いた顔をしたのだろう。説明するように言って料金を払い、男湯ののれんをくぐってゆく。

約束だから、わたしは紗央に電話し、言われた通りの合図を送った。

やがて三村さんが出てきて、いつものごとく「どうも」とだけ言って帰ってゆき、わたしは紗央のことを考えていた。本当にわざわざ表に出てきて、三村さんの顔を見たのだろうか。

などと思っていると、入口のほうから、

「ほらほら、こっち」

年配の女性の、聞きおぼえのある声がした。

「大丈夫よ。あそこにいる女の人も、別にあなたを取って食べたりしないから」

そんなことを言いながら入ってきたのは常連の永井さんだが、驚いたことに、なかば引っぱるようにして、紗央をうしろにしたがえているではないか。

「銭湯って、そんなに敷居の高いところじゃ——あら?」

こちらを見て、わたしの表情に気づき、

「このお嬢さん、入口のところを行ったり来たりしてるから、はじめてで入りにくいのかと思ってごいっしょしたんだけど——」

「妹です」とわたし。

「あらまあ。あんまり似てないのね」ずけずけと言う。「本当にかわいらしいお嬢さん」

その二つをつづけて口にすると角が立つ——とは思わないのだろうか?

「あなた」と紗央に向かって、「お姉さんに用があったの?」

「いえ、別に――」

「だったら、ついでにお風呂に入っていけば？」

永井さんが紗央に言ったのは、なかば冗談だったのかもしれない。けれども驚いたことに、

「じゃあ、そうします」

紗央がそう応じたのだ。ちょっと迷ったあと、心を決めたみたいに。

そのまま永井さんのあとについて脱衣所に入ってゆこうとし、わたしはあわてて石鹸《せっけん》とタオルを手渡すと、びっくりしながらその姿を見送った。

永井さんの性格からして、入口のところをうろうろしている紗央を「銭湯がはじめてで気後れしている客」と勘違いし、背中を押すのはわかる。紗央の性格からして、その勘違いを訂正できないまま、ここまで連れてこられるのもわかる。

でもわたしの妹とわかってからは、適当にあいさつして帰ってゆくことだってできたはず。

それなのに、いったいなぜ？

「断りにくかった、っていうのもある」

夕食のあと、お茶を飲みながら、紗央はそう言ったのだ。

「でもそれだけじゃなく、なつかしいような気もしたから」

「なつかしい？」

「あのおばあさんの、ちょっと強引な感じ。うるさいんだけど親切で、でもやっぱりうるさくて、みたいな」

永井さん評としてはぴったりな言葉だけれど、でもそれが——

「古瀬《ふるせ》さん、おぼえてるでしょ」紗央は唐突に言う。「ちょっと似てる」

ああ、そうか。

以前うちに来ていた家政婦さんのことだ。中学時代の紗央に、料理や掃除のこつを教えてくれた人。

わたしも何かにつけて頼っていたけれど、わたしより年下、そして母を知らない紗央にとっては、その言葉に近い存在だったのかもしれない。

たしかに永井さんはちょっと似ているかも。見た目はふくよかで親切だけどやや強引、時には毒舌なところも。

そんな永井さんにお風呂《ふろ》に誘われ、そのままついていったのか。

「それで、どうだった？」

紗央に対していつもよりやさしい気持ちになって、わたしはたずねる。ここのお湯にはわたしと二人で入ったことがあるけれど、営業中にははじめてのはず。

そして考えてみれば、この「嵐の湯」だけではなく、銭湯や温泉自体が紗央にとってはじめてにちがいなかった。家族旅行をしたこともないし、中学や高校の修学旅行にも行っていないのだから。

「何ていうんだろう」紗央はぼんやり視線をさまよわせ、「やわらかい場所だなって」

「やわらかい？」

「女の人ばかりで、誰も服を着ていなくて」

「それはそうだよね。お風呂なんだから」

「おばあさんたちが多かったけど、若い人もいて、お湯に浸《つ》かったり歩いたりしてて、そんな景色にうっすらとフィルターがかかって。

タイルの床はちょっとひんやり、でもお湯の中は暖かくて」

「たしかに、それもそう——」

「おばあさんたちはおしゃべりだって莉央ちゃんは言うけど」紗央はわたしをさえぎってつづける。

「それは脱衣所までの話、お風呂ではそうじゃない。もちろん少しは話もするけど、口調はゆっくりだし、あんまりたいしたことも言わない」

「静かなのがよかったっていうこと？」

紗央はあいまいにうなずいて、

「声だけじゃなく視線も――裸だからというのもあるのかな、ほかの人のことをそんなにじろじろ見ないんだよ。どっちの湯船に入るか迷っていると、『そっちは熱いよ』なんて教えてくれる。だけど、そのくらい。基本的に自分のことを考えてる。お湯に浸かって気持ちいいなとか、髪を洗ってさっぱりしようとか。そういう気持ちが湯気といっしょに流れてて、それで空気がやわらかいの。湿り気がある――っていうと悪い意味になっちゃうこともあるけど、そうじゃなく。言ってることわかるかな」

もどかしげな口調――「謎」を解明する時の明快でたたみかけるようなのとはうってかわった口調で言い、わたしは紗央の言葉をわたしなりに考える。

銭湯が「やわらかい場所」だとすれば、紗央にとって、外の世界はもっと固いところなのだろうか。

わたしは紗央という人間――目の前にいる、ずっといっしょに暮らしてきた妹を、これまでとはちがう目で見ようとした。というより、紗央になって、紗央の立場から世界を見ようとした。

たぶんそこは、わたし（莉央）の知っている世界よりずっとうるおいのない場所なのだ。

乾燥した空気ごしに、ほかの人の視線が刺さってくるような。

なぜならわたし（紗央）は、きわだった美少女だから。

それも丸顔の愛らしい美少女——昂然《こうぜん》とあたりを払うような「美女」ではなく、子供っぽくておまけに小さい。

といって本当の子供でもなく、守ってくれる親もいないし、かわいいのは顔だけ——誰かに甘えたり懐に入りこんだり、そんなことができるような性格でもない。

もしかしたら、佐久間紗央として生きるのは、わたしが思う以上に、荒野を歩くようなことなのかもしれない。

紗央が「探偵になりたい」と言う理由や、独特の服装をする理由が少しわかったような気がした。論理で心を、鎧《よろい》のようなコルセットや安全靴のようなブーツで体を、どうにか守ろうとしているのかもしれない。

そういうものを脱いで、体ひとつで入ることのできる——ほかの人もいて、それでも安心していられるのが銭湯だとしたら、銭湯があって本当によかったと思う。紗央のためにも、ほかのいろいろな人のためにも。

「そうだ、さっき言ったよね。常連のおばあさんたちも『洗い場ではそんなに話さない』って」

「うん」と紗央。

「脱衣所では大丈夫だった？　あれこれ訊《き》かれて困ったりはしなかったの？」わたしが番台にすわるようになったころは、ちょっとした質問攻めにあったのを思い出す。けれども、

「ううん」紗央は首を振り、「おばあさんたち同士であれこれ話してたけど、わたしのことは放っておいてくれた」

「そう」

わたしはうれしくなる。常連のおばあさんたち——永井さんをはじめ（いい人なのだが）デリカシーに欠けるところのある人たちも、紗央のことをわかってくれたのだと思う。

この子はそっとしておいてほしい子なのだと、ちゃんと見抜いてくれた。さすがに年の功というべきだろうか。

「そうだ」わたしはまた言って、「服を脱ぐ時、永井さんはそばにいたの？　コルセットのことでびっくりされなかった？」

「ううん、別に。ちらっと見て、『若い人のあいだでは、そういうブラジャーがはやってるの？』と言われただけ」

こういう時、世代間のギャップは、かえって好都合なものなのかもしれない。

「ともかく楽しかったみたいで、よかった」わたしは紗央に言った。「これからも、

ちょくちょく入りにきたらいいよ」

　けれども紗央はまたかぶりを振って、

「ううん。ちょくちょくは入らない」

「えっ、どうして？」

「だって、もったいないもの。特別な時だけにする」

　それを聞いたわたしはまたうれしくなったが、いっぽうで何か忘れているような気もする。

　そうだ、三村さんのこと。今日の出来事のそもそものきっかけ。

「それで、結局、三村さんの顔は見られたの？」

「うん」

「どうだった？」

「まあまあ、かな」

　そう言うのは、もちろん、顔立ちの良し悪しのことではないだろう。

「あの人が莉央ちゃんを困らせてないなら、それでいいんだけど」

　紗央はそう言い、これは前にも聞いたおぼえのあるせりふ。

　その意味が気になったものの、もうずいぶん長く話していた。これ以上番台を南方兄妹《きょうだい》にまかせるわけにもいかない。

銭湯に戻ることにしたが、紗央にそのことをたずねなかったのは、それだけが理由ではなかった気がする。

たずねるのがためらわれるような、ちょっと怖いような、そんな気持ちもあったのだ。

月曜の午前中、わたしはしばらくぶりに電車に乗って、地下鉄との乗り換え駅でもある隣町にやってきていた。

大きな書店で仕事の参考にする資料を買い、通りに出たところで、

「佐久間さん？」

「えっ？」

「ああ、やっぱりそうだ」

屈託ない声の主は、弁護士事務所の倉石さんではないか。

わたしの鼓動が早くなる。体温も〇・五度くらい上がっているかもしれない。どうしてそうなるかというと――

要するに、倉石さんはかっこいい人で、わたしの好みのタイプなのだ。

二枚目だが甘さのない、どちらかといえば冷たそうな顔立ち（でもたいていの場合、こういう人が笑うと、笑顔はまさに反則級である）。

告白すると、物心ついて以来、わたしのほうから好きになった――おもに片思いをした男の人は、みんな見た目のいい人ばかりだった。亡くなった伯父《おじ》のことを「男前だった」とちやほやするおばあさんたちのことを、どうこう言う資格などそもそもないのである。

「しばらくですね。その節はお世話になりました」

そんな倉石さんが、事務所で会った時よりずっとフレンドリーな調子で言い、さらには、

「せっかく会ったから、そのへんでお茶でも飲んでいきませんか」とまで。

「あの――」

「銭湯は午後からでしょう？　よければぜひ」

もちろん断る理由もなく、先を歩く倉石さんの背中を見ながらついてゆく。全体として細身のわりに、予想外にしっかりして見える背中。

駅近くの昔ながらの喫茶店で、コーヒーをはさんで向かいあい、

「で、いかがですか」と倉石さん。

「銭湯のことなら」とわたし、「おかげさまで、どうにかこうにか」

「なじめているようですね。それはよかった」倉石さんは気さくに言って、

「お二人のことは気になって、時々考えていたんですよ。あれからどうされているか

なと」

わたしはどぎまぎする。考えていた、だなんて。もちろんリップサービスかもしれないが、本当かもしれない。

「技術翻訳のお仕事もつづけていらっしゃるんでしょう？　大変じゃないですか？」

こう言われて、わたしは思わず絶句する。

うれしかったのだ。

午前中はかつての勤め先から回ってくる資料の翻訳、午後から夜は銭湯の番台。番台のほうは忙しいばかりではなく、読書やスマートフォンで時間をつぶすこともままあるが、それなりに気が張るのもたしか。

頑張っている、という自負がないこともなく、そこをほめてくれる人はこれまで誰もいなかった。

紗央は紗央なりにねぎらってくれている——家事を引き受け、おいしい食事をつくってくれることがそれにあたるとわかってはいるものの、「莉央ちゃん、大変だね。いつもありがとう」なんて言ってくれるような妹ではない。

わたしはうれしくなり、ついつい、両方の仕事の苦労についてしゃべった。わたし自身の中で何かがたまっていたのと、倉石さんが聞き上手だったせいもあるだろう。

控えめな合いの手や、的確な質問にうながされるまま、感覚的には十五分くらい

（実際にはそこまでではなかったはず）ひとりでしゃべってしまい、

「あ、すみません。自分のことばかり」それに気づいて頭をさげる。「倉石さん、お仕事のほうは大丈夫ですか」

「今日は直行なんです。この近くのお客さんから書類をあずかって、これから事務所へ」時計を見ると、

「別に急ぐわけでもないけど、そろそろ出ましょうか。ランチタイムがはじまったみたいで、混んできましたから」

そう言われてあたりを見回す。正午には間があるけれど、昼休みをずらしてとるのだろう、いかにも勤め人らしい姿が増えている。

その中に三村さんの顔があってびっくりしたが、考えてみれば税務署はこの近くなので不思議はない。ランチのメニューを熱心にながめていて、わたしの存在には気づいていないように見える。

「じゃ、また、いつか――」倉石さんが言い、

「そうですね。事務所のほうへ行くことがあったら」わたしが応じると、

「いや、そうじゃなく、もっとゆっくりお茶でもしませんか。あるいは、食事でも」

こう言われてわたしが有頂天にならなかったと思う人はおそらくいないだろう。浮き立つ気分のまま、倉石さんと連絡先のＩＤを交換し、席を立つ。

三村さんの席の近くを通る時、ちょっと心がちくっとした。

三村さんと喫茶店で話した時も、別れぎわにＩＤを交換していたのだ。相談に乗れることがあったら、いつでもどうぞ、と言われて。

その後こちらから連絡したことはなく、向こうから連絡があったこともない。

それに、と、今になって思う。三村さんがせっかく教えてくれた経費の件について、倉石さんに相談したら――と思ったこともあるのに、すっかり忘れていた。

まあ、それは、今度会った時に。地下鉄に乗る倉石さんと駅で別れながら、わたしはそう思う。

本当に今度会うとしたら、その時もまた忘れてしまいかねない。そんな気もしたのだけれど。

その夜、しばらくぶりに、三村さんが「嵐の湯」にやってきた。

十時すぎに来て、口にするのはいつものように「こんばんは」だけ、料金を払ってのれんをくぐる。

帰る時は、やはりいつものように「どうも」だけだが、どこかようすがちがう――何となく歯切れが悪く、わたしのほうも何となく落ち着かない。

以前紗央が、裏庭でちょくちょく会う南方グレンのことを「仲良しではないけど、友達みたいなもの」と言っていた。それと似たような感覚で、わたしも三村さんのことを「友達みたい」に思っていたのかもしれない。

そういう人が、どことなくよそよそしい気がする。これはあれだろうか、午前中に倉石さんと喫茶店にいるところを見られたせいか。

もしそうだとして、別に不都合なんてない。ないはずなのだけれど。

閉店後、家に帰ってすぐ――銭湯でつけているエプロンもはずさないうちに、スマートフォンにメッセージが届いた。

差出人を見ると三村さん。ちょっとだけ緊張しながら開くと、

『すみません。腕時計を忘れてきてしまいました。左端の中段のロッカーだと思いますが、今度行く時までとっておいていただけませんか』

ああ、そういうこと。わたしはひとりうなずき、サンダルをつっかけて銭湯に戻る。

勝手口から待合室へ。わたしの持ち場といえる場所だが、何となくようすがおかしい。

閉店直後で、南方兄妹《きょうだい》が片づけをしているはずなのに、妙にしんと静まっている。

男湯の脱衣所へ入ってゆくと、なぜか明かりが消えている。といって真っ暗ではない。ガラスの引き戸ごしに、洗い場の明かりが漏れてくるから。

でも、いつもの明かりとはちがう。ぼんやりしているというか、ちらちらするとい

うか――

これとそっくりの状況を、誰かが話していなかったっけ。そう、小島さんだ。常連客で威張り屋のおじいさん。今のわたしと同じように、忘れ物の腕時計を取りにきて。

三村さんの時計はすぐに見つかり、わたしはエプロンのポケットにそれをしまうと、洗い場のほうへ歩いていった。

ガラスごしに見える洗い場には、見慣れない薄緑色の光がともり、奥のほうだけをぼんやりと照らしている。

つきあたりのタイル画が浮かびあがり、人の姿も見える。女がひとり。男が――え、二人？

話し声がかすかに聞こえ、もっとよく聞こうと、わたしは引き戸に手をかけて引く。いつも以上に重く感じるのは、自分の手が震えているせいだろうか。

数センチだけ開けるつもりが、ずっと広く開けてしまう。中へ入ろうと思えば入れるくらい。

それで、わたしは入ることにした。南方兄妹（シルエットでもわかる）がこちらに背を向け、それと相対しているもうひとりは、グレンの広い背中になかば隠れる形なのをいいことに。

壁に背中をくっつけ、体をなるべく薄くして、入ってすぐの暗がりに身をひそめる。

グレンがいつものごとくぼそぼそと何か言い、エレンが流れるように言葉を補うのが聞こえてきた。

内容はわからないけれど、前にいる誰かに向かって、何か報告でもしているような調子。

もうひとつの声、わたしの知らない声がそれに応じる。年配の男の人の、少しかすれて、それでいてどこか艶《つや》のある声。

そんな声のことを、前に誰かが言っていた。やっぱり小島さん。そして、その声の主のことを——

わたしは背中を壁にくっつけたまま、体をじりじりと横にずらす。

南方グレンの背中に隠れていたもうひとりの人物の姿が、前より見えるようになり、それとともに全体の状況もわかってくる。

光の出もとは、天井の蛍光灯ではなく、懐中電灯のたぐいでもどうやらなく、南方兄妹と謎の人物のあいだの何もない空間がおぼろげに光っている。

ちょうど焚《た》き火を囲むように、そんな光をはさんで、もうひとりの人物がいる。いや、人物といっていいのだろうか。

もしかしたら、そうではないのかも。

なぜなら、その姿が薄緑色がかって見えるのは、そんな色の光が反射しているからではおそらくない。姿そのものがわずかな光を放ち、かすかに明滅しているように見えるから――

「ちょっと待って」

わたしは口の中でつぶやく。

見たところは六十代くらいの男の人。体つきは中肉中背、シャツとズボンは枯葉色とモスグリーンの間のどこか。薄緑色の光のせいで、本来の色はよくわからない。普段着のような作業服のような、しかも着古した服装。それがみすぼらしく感じられないのはもともと上等の品なのか、あるいは着ている人の顔立ちが整っているせいか。

男前、という言葉にふさわしいだろうし、わたしにとってはそれだけでなく、記憶にある顔を思い出させるもの。

その顔よりは面長で、やや苦味ばしった感じだけど、すっきりした眉《まゆ》や、いくぶん下がった大きな目は、まるで――

「ちょっと待って。ちょっと待って」

逃げ出したいという思いと、もっとよく見たいという思いがわたしの中でせめぎあい、あとのほうが勝ったのだろう。

ほとんど自覚もなしに、わたしはさらに横にずれ、暗さのわだかまるところから一歩踏み出していたらしい。

「どうしたんだ。そんなところで」

どこかなつかしい目が、はっきりとわたしに向けられ、少しかすれた声がそう言った。

小島さんによると、わたしの伯父《おじ》の声。

城戸先生によると、「亡くなっているのは絶対たしか」な伯父の。

「静子の娘の、莉央のほうだね」

声はつづけて、あやまたず、わたしの名前を言った。

わたしのひざから力が抜け、その場にくずおれそうになる。

けれども、そうはならなかった。岩のような体にくっついた力強い腕が、わたしの体を支えていたから。

南方グレンの腕はやさしかったけれど、わたしはそれにすがりつくことはできなかった。

自分の足でこの場に立っているためには、別の支えが必要だった。肉体的には自分より大きくも、たくましくもなかったとしても。

「妹さんをここへ呼んできてはどうですか」

南方エレンがいつものなめらかな声で、わたしの心を正確に読んだように言い、わたしはうなずくことすら忘れて走り出していた。

「紗央。起きて。起きて」

わたしは妹のベッドにかがみこみ、肩を両手でつかんでがんがんと揺さぶる。

「何？　どうしたの？」紗央は薄目を開けて、「火事？　地震？　強盗？」

「どれでもない。とにかく起きて、いっしょに来て」

寝間着の上にカーディガンを羽織らせ、手をつかんで、銭湯まで引きずってゆく。寝ぼけた紗央が目をしょぼつかせ、ろくに質問もしないのは幸いだった。銭湯で今まさに起こっていることを、意味の通る言葉で説明するなど、わたしにはとてもできそうにないから。

背中を押して男湯ののれんをくぐり、洗い場へと進む。紗央は戸口を入ったところにたたずんで、

「莉央ちゃん」つぶやくように、「さっき、わたしのことを起こしたよね？」

「うん」とわたし。

「ていうことは、これ、夢じゃない？」

「そう」

洗い場の奥にまぼろしの焚き火のような明かりがともり、そばにたたずむ三つの姿

がそろってこちらを見ている。南方グレンとエレン、そして――

「ああ」

かすかな光を放つ姿が、紗央の顔をつくづくとながめて声を漏らし、わたしにはその意味がわかった。

「よく似ている」

わたしたちの母のことを言っているのだ。

「こっちへおいで」

伯父は（そう呼ぶことにする）紗央の顔を見つめながら手招きし、

「どうぞ、こちらへ」エレンが言う。「伯父様のほうは、この光のそばを離れることができませんので」

紗央はほんの一瞬だけためらい、そのあとは迷いのない足取りでそちらへ進んでゆく。

わたしもそのあとにつづく――紗央を守るつもりなのか、紗央に守られているつもりなのか、自分でもよくわからないまま。

わたしたちが立ちどまると、伯父はゆっくりとうなずいて、

「紗央だね」

「はい」

紗央が言い、すごい——とわたしは思う。

わたし自身もさっき伯父に声をかけられ、応じることなどできなかったのに、紗央はちゃんとコミュニケーションをとっている。

「静子によく似ている」と伯父。「実際に会ったのは、あの子が二歳の時が最後だが」

「そうなんですか」

「静子がまだ赤ん坊の時に、母親が療養所に入ってね」

伯父は紗央とわたしの顔を順番に見ながら、説明するように言う。

「もう学校に上がっていたわたしはともかく、赤ん坊の面倒なんて見きれない父は、やむをえず、近所に住んでいた子供のいない夫婦に静子をあずけることにした。

母の病気は長くかかり、ようやくうちへ帰ってこられたころ、二歳になっていた静子は赤木さんというその夫婦にすっかりなつき、それ以上に赤木さんたちが手離したがらなかった。何しろ静子があんまりかわいい、本当にかわいい子だったたから。

養子にほしいという、たっての頼みを、両親は断りきれなかったそうだよ。手のかかる時に面倒を見てもらって、もういいから返せというわけにもいかないと。

ともかく近所なのだから行き来もできる。そう思って承知したが、ほどなく赤木夫婦は姿を消した。誰にも何も言わずに、いきなり引っ越してしまったんだ。『やっぱりあの子を返してほしい』と言われるのをおそれたみたいに。

かわいそうに、母は悲しんでね。父は『また娘ができれば』と思ったというが、結局それきり子供には恵まれなかった。

それから五、六年ほどもたって、大きくなった静子の写真——元気で幸せそうな写真が郵便で送られてきた。

手紙もメモも、差出人の名前すらなく、消印は東京。それも都心のどまんなかで、おそらくそこに住んでいるわけじゃないだろうというような場所。

とうてい探し出せるとも思えず、両親はあきらめたのだけどね」

切ないような話。わたしならどう相槌《あいづち》を打てばいいかわからないが、

「そうなんですか」

さすがというべきか、紗央は顔色ひとつ変えずに応じる。

「そう。わたしが静子とそれきり会っていないし、探してもらおうと城戸さんに頼んでも時間がかかってしまったのはそういうわけなんだよ。

結局、静子はとっくに亡くなったとわかり、その娘——わたしにとっては姪《めい》たちを探してもらうことにした。そんな矢先に、不面目にも、わたし自身が梯子から落ちて死んでしまったというわけだ」

今度は紗央も黙っている。いくら何でも「そうなんですか」とは言えなかったようだ。

「そのわたしが、どうしてこんなふうに」

伯父は自分の体――かすかに明滅する全身を見下ろすようにして、

「洗い場のタイルの上にこの身をさらしているのかといえば、この『嵐の湯』がただの銭湯ではない――特別な場所だということにつきる」

どう特別だというのか。わたしはかたずをのみ、紗央も同じ気持ちだったと思うが、

「そのことについては、わたしより、エレンのほうがうまく説明してくれると思う」

伯父は片手でエレンのほうを示し、頼むよ――とでも言いたげな目つきを送る。

「わかりました」とエレン。「それでは、わたしからご説明しましょう」

5

「遠い昔、はるかな銀河で――」

南方エレンの話が、たとえばそんなふうにはじまっていたとしたら、ずっと違和感なく聞くことができただろう。

けれどもそうではなく、ファンタジーの世界で起きるようなことが、今現在の地球で起こっているというのだ。さまざまな国で、そして日本で。

太古の昔に遠くからやってきた、超越者とも呼ぶべき存在が、人間の知覚のおよばない次元で争いをくりひろげ、その帰趨《きすう》はわたしたちの世界に大きく影響するという。

「簡単に言うと『秩序を守ろうとする者』と、『乱そうとする者』のあいだの争いですが、ここでいう秩序とは法律でも、いわゆる伝統的な価値観のことでもありません」

南方エレンはいつものなめらかな口調で、

「水が高所から低所に流れるような、根本的なありようのことですが、いわゆる伝統的な価値観にはそれに根ざして自然と生まれたものもあるいっぽう、誰かが無理につくりあげた形が、強制や惰性によってそのまま残っていることもまた多いもので。社会において古いものがかならず良いわけではなく、逆に新しいものがすぐれているともかぎりません。そうした価値観以前に存在する秩序を乱し、というより壊し、混沌《こんとん》の扉を開こうというのが『彼ら』の側の野望で、これは何としても押しとどめなければなりません」

流れるような口調とあいまって、エレンの言うことはいかにももっともらしく聞こえるが、あまりに抽象的で、何のことか今ひとつ、というよりさっぱりわからない。

「その時にはどういうことが起きるんでしょう？」わたしはつい言葉をはさむ。「水が逆向きに、低いところから高いほうへ流れたりするんですか？」

「そういう現象が実際に起きるわけではありませんが、一部の人たちにはそう見えるようになることでしょう。

その人たちが声をそろえて『低いところから流れている』と言い張れば、かつその人たちの声が大きければ、言葉は意味を失い、対話することも、自分でものを考えることも困難になり、道を歩くことさえままならなくなってしまうでしょう。

そうした事態を防ぐ——彼らが開けようとする扉を封じるために、こちら側が行っているのが『火の網』と呼ぶオペレーションなのです。

『彼ら』の侵入を阻む力を持った『特別な火』を、地球上のさまざまな土地で燃やす。

ひとつひとつがつねに燃えつづけている必要はなく、どこかが消えればどこかが点《つ》き、全体として強度を保つよう織り成された網で、地球全体を覆う。

それなりの火力と継続時間が必要になりますから、野原でも家庭の炉端でもなく、産業の場でともされている火――それも大きな工場などではなく、比較的規模の小さい工房や店舗。

窯業、金属加工、ある種の料理といった伝統産業の炉をお借りするのがいろいろな意味で好都合となり、そうした場所に、超越者たちの創造物――」

言葉を切って、かたわらのグレンと目を見交わし、

「皆さんの言葉では精霊、魔物などと呼ばれる者たちが従業員として入りこみ、業務用の炉で燃えている火とともに、オペレーションのための特別な火を燃やす。

雇用主の許可を得ていることもあり、いないこともありますが、あとのほうでも特に問題は生じません。有害な煙が出たりもしませんし、何しろ目的が世界の秩序――」

「ちょっと待って」とわたし。エレンの話はあまりに思いがけないもので、意味が頭に入るのにしばらくかかる。

「規模の小さい産業って、もしかして」

「日本においては銭湯がちょうど好都合で」エレンは平然と、「現在のところ、全国で四か所がオペレーションに参加しています」

「ここがそのひとつ？」わたしは茫然《ぼうぜん》としながら、「だとすると、さっき言った、精霊とか魔物とか──」

「兄とわたしが、それにあたります」

エレンはさらに平然と言い、かたわらでグレンも、ごつい肩に載った頭をうなずかせる。

「いや、でも、まさかそんな──」

わたしは意味のないことをつぶやくばかりだが、

「ああ、なるほどね」

かたわらで紗央が言うのだ。そこまで動揺しているようには聞こえない、というより、ほとんどふだんと変わらない口調で。

「そんなところじゃないかと思ってた」

「ちょっと待って」わたしが紗央に向かって、「今みたいなことを前から考えてたっていうの？」

「全部じゃないよ。だって思いつくわけがないもの。超越者とか、世界の秩序とか」

紗央は口をとがらせ、

「だけど二人が人間っぽくないっていうのは、最初から言ってたでしょう」

たしかに紗央はそう言い、わたしも「なるほど」と言ったりもした。けれども、あくまで、もののたとえのつもりで——

「それで」紗央がエレンのほうを向き、「あなたたちが人間じゃないとしたら——」

「はい、何でしょう？」

「やっぱり、ビスコが主食なの？」

そこを確認する？　今、この状況で？

「わたしたちのこの肉体はいわば仮のもので」エレンはまじめな顔で、「生命活動の維持は比較的たやすく、ある種のお菓子でじゅうぶんなエネルギーを得ることができます。ビスコにかぎらず、ほかにもいくつか」

なおも何か言おうとする紗央（明らかに、ほかのお菓子がどんなものかたずねようとしたのだ）を、わたしは横から押しとどめ、

「じゃあ、二人の人件費がきわだって安いのは、そういうことだったんですか」

「そうですね。何しろ、生命活動の維持に、お金はそれほどかかりませんから」

「水道代や燃料費も、ほかの銭湯とくらべて——」

「ああ、それに関しては」エレンはこともなげに、「兄は火を、わたしは水を操る能力を持っています。その力を使って、通常より効率よく運用することができるわけです」

燃料代のわりに高い火力、水道費のわりに豊かな水量を得ることができる。どうもそういうことらしい。

「嵐の湯」の経費については、帳簿のごまかしがあるわけでも、誰かが自腹を切っているわけでもなく、従業員が魔物なので節約できているというのだ。

頭がくらくらする。そんなことってあるだろうか。

わたしは視線を南方エレンから、洗い場の奥——タイル画を背にかすかな光を放っている姿にうつし、

「今みたいな話を、伯父《おじ》さんは全部ご存じなんですね？」

思い切ってたずねる。魔物よりはまだ、幽霊（ということになるのだろう）のほうが話が通じそうな気がした。何といっても、母の兄だし。

「そうだよ」

伯父は「男前」の顔におだやかな表情を浮かべてうなずき、

「前からですか？　つまり、その——」

わたしは言いよどむ。「生前」とはさすがに言いづらい。

「そう」伯父はまたうなずいて、

「ここを引き継いだ数年後に、申し出を受けた。エレンの話に出た『超越者』からということになるね。

夢の中で、というか、ただの夢だと思っていた。誰かに協力を求められ、わたしが承知したら『二人の者がたずねて行く』と。

びっくりしたね。次の朝、本当にこの二人がやってきた時には」

「中央アメリカでひとつの火が消え」とエレン、「『超越者』たちがその代わりに東アジアの火をひとつ増やすことにし、条件を満たす場所を探していて、ここを見つけたというわけなのです。

伯父様の同意が得られたことで、ここが『超越者』たちのオペレーションの正式な拠点になり、兄とわたしは伯父様のしもべとなりました」

「しもべ？」

「わたしの命令には何でも従い、いつでもわたしを守ってくれるということだ」と伯父。

「ちなみに、おまえたち姉妹がこの銭湯を相続したことで、この二人もついてきた。今はおまえたちのしもべで、おまえたちの命令に従う。創造主である超越者たちに逆らうことはできないが、自分自身を壊すことはできる。おまえたちが『死ね』といえば死んでしまうんだよ」

いや、そんなことをいきなり言われても。

まったく信じられないような、普通の常識ではありえないようなことばかりだが、それでも一応筋は通るので、「いきさつはわかった」と言うべきなのだろう。

わたしの疑問にも答えが――いやいや、大きな疑問が手つかずのまま残っている。

「伯父さん自身のことはどうなんですか。つまり、今こうして——」

「ああ、そのことなら」伯父が眉《まゆ》をあげて、「ただのおまけみたいなものだよ」

「おまけ？　ただの？」

「だって、エレンの話を聞いただろう。世界規模の善悪の戦い——それにくらべれば、わたしひとりがこんなふうに出て来ようが、来るまいが」

「『特別な火』からは、有害な煙などが出ることはないと申しましたが、少しばかり副次的な効果がありまして」

エレンは宙に浮いている明かりのほうを手で示し、

「火の一部をこのように、水の近くに持ってくることで、亡くなった人を呼び戻すことができるのです。

ずっとというわけではなく、火が消えるまでの一時間かそこら。また誰でもというわけではなく、物理的に近いところ——同じ敷地内くらいの場所で、比較的最近亡くなった人だけ」

「そう、最初のうちは、前の経営者を呼び出すことができていたからね」伯父が言葉を添える。

「わたしの前にここをやっていた、江見さんという女の人。お年寄りで、賢い人だったから、知恵を借りたいことがあるとグレンに呼び出してもらっていたんだよ。

商売のことで迷ったり、お客さんからもちかけられた相談がわたしの手にあまる時なんかに。近ごろはそうもいかなくなってしまっていたが」

またひとつ、前からの疑問が解決された。生前の伯父について、常連のおばあさんたちが言っていたこと――「このへんの人じゃないのに、昔のいきさつを知っていた」というやつ。

「わたしのほうはあまり立派な経営者じゃなかったから」伯父はかすかに光る肩をすぼめて言葉をつづけ、「本当は貸すような知恵もないんだが、グレンとエレンがわたしの顔を立てて、時々呼び出すことにしてくれていてね」

くちびるの片端をわずかに上げる――たぶんこれが伯父の微笑、生きていた時からの癖なのだろう。

「定休日の前、月曜の晩に、いろいろとご報告したり相談に乗っていただいたりしています」とエレン。「何しろわたしたちのような者が、人間の世界で商売をやっていくにあたって、砂田さんの存在は頼りになりますから」

いつもの淡々とした口調に、ほんの少し感情めいたものをにじませて言い、かたわらでグレンも熱心にうなずく。

魔物とか精霊とかなりに、伯父を慕っていた（いる）ということなのだろうか。

「よろしかったら、今度から、お二人もごいっしょにいかがですか。経営上のことばかりでなく、伯父様といろいろなお話もできますし」

エレンの言葉に、紗央とわたしは目を見合わせたのだが——

それにつづく眠れない夜と、頭がくらくらするような数日を(少なくともわたしのほうは)経験した上で、紗央とわたしは、今の生活を受け入れたのだ。従業員が魔物であるこの銭湯を受け入れ、幽霊の伯父の存在を受け入れた。

そうするしかなかったともいえる。すでにここ——銭湯とその裏手の家が生活の場になっていたし、わたしたち姉妹にとって伯父が、かりそめの姿とはいえ会うことのできる、たったひとりの身内だったから。

また伯父のほうでも、わたしたちにそうしてほしい、ここをつづけてほしいと望んでいるのがわかっていたから。南方兄妹《きょうだい》の創造主である「超越者」の意を受けて、世界の秩序を保つために。

その「秩序」うんぬんについては、正直なところよくわからない。それを「守ろうとする」側に味方するのが、本当に正しいことなのかどうか。

それに関しては、伯父に対する信頼と、それから紗央の意見、

「秩序っていうのが、たとえばこの『嵐の湯』みたいなものなら、それを守るのがき

っと正しいことだよ。入口に料金所があって、男女が同じところと分かれているところ、湿っぽいところと乾いたところがあって、大きな体重計やロッカーも」

というのも、適当な思いつきのようでいて、意外と腑《ふ》に落ちるところもあったのだ。全体として紗央の適応は早く、人間でないことがはっきりした南方兄妹に気兼ねなくなつき、「洗い場を掃除するところを見せて」とエレンに頼んで、実際に見せてもらったりしていた。

「すごかったよ」そのあと家に戻ってくると、興奮して言う。「エレンのてのひらから水が出るの。すごい勢いで、鞭《むち》みたいにしなって、それが汚れをどんどん落としていくの」

「ふうん」

わたしはパソコンに向かいながら応じる。内心はちょっとくやしい——実をいうと、わたしも見たかったのだ。ちょっとではなくかなり。

けれどもその時は急ぎの仕事があったし、別の時に「わたしにも見せて」とお願いするのもはばかられて、結局見ないまま。

そういうわけで、あいかわらずの日々を送っていた。午前中は家で翻訳の仕事、午後には銭湯に出勤して南方兄妹とあいさつをかわし、番台でお客さんの相手をする。

定休日前の月曜には、伯父《おじ》への「定例報告」にわたしも参加するようになった。夜、最後のお客さんを送り出し、番台をざっと片づけると、エレンとともに男湯ののれんをくぐり、脱衣所から洗い場へ。

（ちなみに、かつてのオーナーのおばあさんを呼び出していたころは、女湯に出てきてもらっていたという。もはやスタッフではないからだといい、同じ理屈で、伯父自身はかならず男湯に出現する。それが「銭湯というもののけじめ」らしい）

二人で待っていると、グレンがボイラー室から「特別な火」の一部を運んでくる。両手に包んで持ってきて、蛍を放つように、洗い場の空間にそっと置く。

宙に浮かんだ「火」は、最初は青白く、落ち着かなげにちらちらしている。そのあと周囲の湿気を吸うのだろうか、少し緑味をおびて安定し、しばらくたつと、伯父がやってくる。

火の向こうにぼんやりした光のかたまりが見え、それがしだいに人の姿になり、

「やあ」

はっきり形を結んだ顔の中に、くちびるの片端を上げた微笑が浮かぶ。

最初の時は紗央も来たけれど、次からはわたしひとり。伯父もそうすればと言った――紗央があまりに眠そうだったから。

伯父と話すのをいやがっているわけでも、幽霊を怖がっているわけでもない。生き

ている人間のほうがむしろ苦手と言ってはばからないが、早寝早起きの習慣をくずす気はないらしい。

「まあ、あの子のことはしょうがないな」伯父がわたしに言う。

洗い場には二人だけ――伯父との対面が何度目かになり、わたしが慣れてくると、グレンとエレンは途中から席をはずすようになった。身内ならではの話もあるだろうと、彼らなりに気をつかってくれているらしい。

「たまには顔を見せればとも思うが、朝型とか夜型とかいうのは体質の問題だからね」

伯父の口ぶりには、紗央を甘やかすような、苦情を述べつつ「そこがかわいい」とでも言いたげな調子がある。

父もそうだった、とわたしは思い出す。わたしたち姉妹をどちらもかわいがってくれたが、紗央のことは時々、お姫様のように扱った。

わたしに対しては、もっと友達というか仲間っぽいところがあり、それはそれで特権だったと思うけれど。

もちろんわたしのほうが年上なのもあっただろう。けれどもたぶんそれだけではなく、紗央はお姫様で、わたしは友達なのだ。育ててくれた父にとっても、死んでからはじめて会った伯父にとっても。

たぶん、紗央が母によく似ているから。二人のどちらも紗央を見て、自分たちが大好きだった、そして失ってしまったもののことを思い出すから。

それをいうなら、わたしだってそうなのだが。

もっと単純な言い方もできる。紗央は美少女で、わたしはごく平凡という、容姿への評価に帰することとも。

そのへんのことを、何かのはずみで、伯父に話したりもした。もちろん伯父が紗央をえこひいきするという言い方ではなく、妹や母のように美しくないことへの、わたし自身のコンプレックスとして。

まさかつい最近まで存在も知らず、はじめて会った時には幽霊だった伯父にそんなことを話すとは、自分でも思いもよらないことだったが、

「まあ、女の人のきれいさっていうのは、ありすぎて苦労することもあるからね」

というのが、わたしの告白に対する伯父の返事だった。

「お金と同じで、なさすぎるのは悲しいが、莉央の場合はまあそれなりだし」

「そうですか」

「そうだよ」

伯父はちょっと黙っていてから、「お世辞じゃないよ」とつけ加える。

そうだろう、と思いたい。「まあそれなり」がお世辞だとしたら、かなりさびしいものがある。

「きれいな女の人は、若いころたくさん見たね」と伯父は言う。「水商売の世界にいたことがあって」

「そうなんですか」

「そう。高校生の時から喫茶店のアルバイトをしていて、そのあと酒場。女の人がいない店でも、いる店でも働いた」

常連客のおばあさんたちのあいだで謎とされている伯父の前歴は、「刑事」とも「スパイ」とも、かなりちがうものだったようだ。

「それでね、さっきも言ったが、きれいな女の人というのは財産を持っているようなもの。周りがちゃんとしているか、本人に才覚があれば、そのおかげで幸せになれる。けれどもそうでない場合は、かえってあだになる。おかしな男がからんでくるからね。

そういうのはたくさん見てきて、おかげで勘が働くようになったね。自慢じゃないがひと目でわかる。男が女の人に近づく——ただ好きだからじゃなく、食い物にしようと近づいていく時には」

「そうなんですか」

わたしはまた言う。自分には関係のない話という気がする——食い物にされるような美貌《びぼう》も、文字通りの財産も、持ち合わせていないほうだったから。

そんなふうに、伯父とは打ちとけた話をするようになっていた。深夜の洗い場で、南方兄妹《きょうだい》がいったん姿を消してからころあいをみはからって戻り、薄緑色の火とともに暗がりに溶けてゆく伯父の姿を見送るまで。

伯父が自分の死について、情けなさそうに肩をすくめて話したのは、そういう二人きりの会話の中でのことだった。

「あの時はしくじったね。われながらへまをしたもんだ」

「たしか、梯子《はしご》から落ちて――」

「そう、ただし、それにはわけがあって」ひとさし指を立ててくちびるに当て、「エレンとグレンには内緒だよ」

「内緒？」

「あの二人には理解できない話だからね。何しろ精霊だか魔物だかで、木の股《また》か何かから生まれてきたんだから」

その「わけ」とは、そもそもは高校時代にまでさかのぼるという。

伯父の通う高校に、二十代後半の女性教師がいた。地味な服装やうしろでまとめた髪形、眼鏡といった道具立てでは「男子生徒の憧《あこが》れ」とはへだたりがあったが、よく見れば顔立ちは悪くなく、いくぶんませた少年だった伯父はそのことに気づいていたらしい。

夏休みのある日、伯父がアルバイトをしていた喫茶店に、その先生が客としてやってきた。同年輩の男と向かいあってすわり、小さな箱を受け取っていた。海外からのお土産らしく、たぶん会社の出張だろう。普通の人が気軽に海外旅行をするような時代ではなかったから。

青地に銀と黒の縞《しま》をあしらった、いかにも洒落《しゃれ》たパッケージ。先生はうれしそうにほほえみ、漏れ聞こえた会話から香水らしいとわかった。

その何日かあと、夕方に、その先生と今度は町ですれちがったのだという。

学校で会う時とそう変わらない服装なのに、別人のようにも見えた。ブラウスの襟元のボタンをひとつ余分にはずし、眼鏡はそのままだが髪をほどいて、夕方の風になびかせていただけで。

すれちがったあと、学校では決してつけていない、香水の香りがしたのだという。

それに気づいた時、息苦しいほどに胸が高鳴り、その時以来先生の顔をまともに見られなくなった。

先生に恋をしていたのだが、だからといってどうにもならないことはよく知っていた。

「わかっていたからね。先生がわたしのために香水をつけてくれることなんて、決してあるはずがないというのは」と伯父。

何も起こらないまま高校を卒業し、先生とはそれきり会わなかったが、大人になってから何度か、すれちがう女性の同じ香りに気づいたことがあり、そのたびに少し胸が苦しくなったという。

「例の弁護士さんは、どことかの何とかかんとかですね、と言っていたっけ。箱の模様を話したら、それでわかったらしい」

最初の「どことか」がブランド名で、「何とかかんとか」が香水の名前なのだろう。

「弁護士の城戸先生と、そんな話を？」

「あの人が香水を――ちょっとだけ香りの似た、別のやつをつけていて、それで思い出したんだよ」

そういえば城戸先生も、「眼鏡のせいで地味に見える」女性のひとりだ。よく見れば美人かもしれないし、伯父《おじ》の好きなタイプなのかもしれない。

「香りっていうのは、それくらい人の心に残る、その時の出来事と強く結びつくもので」幽霊の伯父はわたしに向かってつづける。

「思いがけず嗅《か》ぐと、いきなり記憶がよみがえる――というより、自分のほうが記憶の中に連れ戻される。

強引に、腕をつかんで。そういうものじゃないかと思うね」

伯父はちょっと言葉を切ってから、

「それでだ。わたしが梯子から落ちた時のこと」話を戻す。「朝、いつものように、グレンたちが来る前に表の掃除をして、ふと建物を見上げたら、大屋根の端に何やら白い布切れがひっかかっていた。この丘のあたりはもともと風の通り道で、『嵐の湯』という屋号もそれにちなんでいるが、グレンたちが『火』を燃やすようになってからは朝晩にまた独特の風が吹く。それやこれやで飛ばされてきたんだろうと、梯子をかけてのぼり、手をのばした。ちょうどその時に、その香りを嗅いだんだよ。それで、バランスを崩した。わたしにいわせれば、ぐいと引っ張られた」

「腕をつかむみたいに、記憶の中に――」

「そう。街中なら立ちどまるくらいですむが、たまたま梯子の上だったから、命取りになったというわけだ」

伯父の死は、そういういきさつだったのだという。

現場の状況から警察が推測したことを、死んだ本人が裏づけた形になる。ただひとつ、香水の香りのことはそこからはみ出すのだが。

「この話をすれば、聞いた人はこう言うだろう。それは偶然ですね、その時近くを歩いていた誰かが、ちょうど同じ香水をつけていたなんて、とね」伯父はつづける。

「とはいえわたしに言わせれば、ただの偶然じゃなく、すごい偶然だ。近ごろは流行《はや》らなくなったのか、街中で出くわすこともめったにない香水なんだから。

そこで、こうも考える。まあただの妄想だけど、あれは先生だったんじゃないか。あの時、先生があそこにいた——この銭湯のすぐそばまで、わたしに会いに来てくれていたんじゃないか」

「でも」わたしは言わずにいられない。「高校時代の先生が、伯父さんがここにいるのをどうやって——」

「もちろんありそうにないことで、だから妄想と言っただろう。

とはいえ、たまたまこのへんを通りかかる人といえば、犬の散歩やなんかに来る近所の人で、それが香水をつけているというのもまた珍しい話だからね。だとしたらもうひとつの可能性だって、まったく出番がないわけじゃない。

まあ、ロマンだね。死んだ人間にだって、そのくらいの妄想をする楽しみは残してもらっていいだろう」

もちろん、それを否定するつもりはないのだが——

とはいえただひとつ、これだけは言っておきたい、

「先生でも誰でも、そこを通った人がいたら、梯子から落ちた伯父さんを見たはずじゃないですか？」

「たしかに、そうかもしれない」

伯父はうなずく。そのことはすでに考えた、という顔つき。

「だとしたら、救急車を呼ぶなり何なりしたんじゃないですか。年配の人でも、二つ折りの携帯くらいは持っているだろうし」

城戸先生の話と、あとで送ってくれた書類によれば、伯父は梯子から落ちて即死したとみられ、発見したのはそれから一時間以上あとに約束があって訪れた城戸先生自身。

その場を通りかかった人がいたとしたら、倒れた伯父を見ながら、何もせずに立ち去ったことになる。落ちる瞬間を見ていなくても、梯子やその場のようすから、大ごとなのはすぐにわかったはず。

「まあ、犬の散歩なら、そこまで近くには来なかったのかもしれない」伯父はしぶしぶという感じで言い、

「わたしをたずねて来た人なら、もちろん見ることになるが、その場合――」

「その場合？」

「まあ、ひと目見て、これは無理だとわかったんだろう」伯父はあっさり言う。「何しろ首が折れて、変なふうになっていたそうだから。だとしたら通報しても特にいいこともないし、それに」

「それに――」

「怖かったんじゃないかな。自分のせいで落ちたのかもしれないと思うと。もしかしたら警察から何か言われるかもしれない、そうなったらどうしようと。関わるのをおそれて立ち去ったとしても、責める気にはなれないね。むしろ気の毒なくらいで」

「気の毒？」わたしは耳を疑うが、

「だって、そうだろう」伯父はあくまでまじめな顔で、「向こうはわたしの病気のことを知らないんだよ。余命宣告とやらを受けて、あの時から、長くてせいぜい二か月くらいだったなんてことを。あの場で死んだからといって、大したちがいもありはしない。そのことを知らないまま、先生が罪悪感を感じてるんじゃないかと思うとね」

伯父はそう言い、わたしは聞きながら内心でため息をつく。

男の人というのは、初恋なり何なりの人にとことん甘いものなんだなと思って。まあ、普通に考えて、高校時代の先生が伯父に会いにくる理由も手段もない。それ以前に、香水の香り自体が伯父の錯覚だったのではないだろうか。

犬の散歩も何もなく、誰もそこにはいなかったのではないか。そう思っていたのだけれど。

伯父とこの会話をかわした時、わたしはもしかしたら少しだけ気もそぞろだったかもしれない。なぜなら――

その翌日、わたしは倉石さんと会うことになっていたのだ。

「火曜はお休みですよね？　午後遅くにそちらのほうへ行く用があって、直帰だから、この前よりはゆっくりお茶でもどうですか」

そんなお誘いを受けてから、何を着ていくか悩んだり、伸びすぎた前髪を少しだけ切ったり。

こうした準備をするわたしに、紗央は批判的な視線を送っていた。それ以前から、わたしが倉石さんのことを話題にすると、かならず「ああ、あの人ね」と奥歯にもののはさまったような言い方をしていた。

わたしのほうでは聞き流していたのだけれど。いつもの紗央の人ぎらい――相手が男の人で、若くて、しかもかっこいい人だと特別発揮されるのを経験的に知っていたから、それだと思って。

当日も気分よく出かけようとしたのだが、紗央とのあいだにやや不穏なやりとりがあった。

「じゃあ、夕食はいらないってことね？」

腰に手を当てて玄関先に立ち、つんけんした調子でそんなことを言う。長い髪の毛先まであちこちに撥《は》ね、本人の不機嫌を反映しているかのよう。

「いるよ」何を言っているのだろうと思いながら、「お茶を飲むだけだから、いつもくらいの時間に帰ってくる」

「へえ？」

疑うようなというか、ばかにしたようなというか、ともかく非常に感じの悪いひとこと。

何それ、と言いたかったが、話が長くなってもまずいのでそのまま出かけた。

前回と同じ喫茶店に、約束の五分前に入ってゆくと、すでに来て手帳に目を落としていた倉石さんがわたしに気づいて顔を上げ、つづいて見せた笑顔――ととのった顔が「笑みくずれる」ような表情に、わたしは心を射抜かれる。

コーヒー、そしてケーキまで頼んで、いろいろな話をした。

前回はわたしのことばかり話してしまったが、本当は倉石さんの話を聞きたい。親しくなりかけている、できればもっと親しくなりたい人については、どんなことでも興味ある話題になる。好きな食べ物や季節でも、子供のころに乗っていた自転車の色でも。

とはいえ倉石さんの聞き上手はあいかわらずで、話題の六割はわたしのことになり、倉石さん自身については勤め先の話が多くなった。現在の仕事の内容、スキルアップをめざしていろいろ勉強しているということ。

「努力してて、すごいですね」

ばかみたいに聞こえるなと思いながら、わたしが口にすると、

「いや、佐久間さんだって、いろいろ努力してるでしょう」倉石さんはそう言ってくれる。「翻訳のほうも頑張ってるし、銭湯の仕事をするなんて、少し前まで思ってもみなかっただろうし」

「たしかにそうですけど、銭湯をつづけるのは伯父も望んでいることで――」

思わず口にしてから、倉石さんの固い表情に気づき、

「望んでいた、ですよね」あわてて言い直す。「ごめんなさい、変な言い方になってしまって」

「ああ」

倉石さんはまた、熱いトーストの上でとろけるバターのようなとびきりの笑顔になって、話題はほかのことへそれていった。

時間はあっというまにすぎ、ふと気づくと六時近くで、

「こんな時間だから、どこかで食事でも？」

倉石さんが言い、わたしは複雑な気持ちになる。

誘ってもらってうれしく、ぜひそうしたいという気持ちと、それはまたこの次くら

いのほうがいいのではという気持ち。

倉石さんのことを素敵だと思う。惹《ひ》かれている。それはまちがいないものの、あまり急に親しくなるのはちょっともったいないというか、何となく不安というか、そんな気持ちもあった。

そしてもうひとつ、食事に関しては、紗央と約束していた。倉石さんから誘われるとは思わず、「家で食べる」とはっきり言ってきたのだ。

「あの、食事のほうは、妹が用意してくれていると思うので」

「そうなんですね」倉石さんは気軽な調子で、「じゃ、また今度」

また今度、というのは何と美しい言葉なのだろう。世界中で、数えきれない女の人が、また男の人も、その響きにうっとりしたはず。

そういうわけで、紗央に約束した通り、ふだん夕食に戻るくらいの時間に帰宅したのだけれど、

「あ、莉央ちゃん、帰ってきたんだ」

そんな言い方でわたしを迎える妹は、すでにひとりで食卓についているではないか。

「えっ、どういうこと？　帰ってくるって言ったでしょう？」

「そりゃ言ってたけどさ。でも、どうかなと思って」

「何、食べてるの」

「ポトフ。簡単なほう」

簡単なほうとは、ありあわせの野菜とソーセージをコンソメスープの素で煮たもの。ちゃんとしたほうというのもあって、そっちは牛すね肉を二時間以上煮込んでだしをとる。

いっぽうこちらは三十分もかからずにできてしまうのだが、それはそれで悪くない――大きく切った玉ねぎや大根がやわらかく、塩加減がちょうどいい具合だと特に。わたしはトマトが入っているのが好きだが（紗央のお皿の色合いからすると、今日はそうらしい）、トマトがよく熟したものだとさらに。

とはいえ、簡単なほうのポトフは、紗央がひとりの時につくる定番メニューだった。会社員時代、わたしが外で食事をしてきて、「紗央は何食べたの？」とたずねた時のありがちな答えが「ポトフ」。それをわざわざ今日つくって食べているとは。

「わたしの分は？」

「ああ、食べるんだったら、莉央ちゃんの分もあるよ」

紗央はそう言うが、鍋《なべ》の蓋《ふた》を持ちあげてのぞくと、ひとりならお代わりもできてたっぷり、二人だとちょっとさびしいというくらいの量。

とにかくお皿によそって食べる。おいしいことはおいしいけれど、満足というわけにはいかない。

おまけに紗央は無愛想——まあもともと愛想のいい子ではないが、言葉のひとつひとつに含みがある感じ。わたしもついにうんざりして、

「何なの、いったい？　こんなことなら、倉石さんと食べてくればよかったよ」

「そうすればよかったのに」

わたしは妹の顔をつくづくと見た。

「どういうこと？　わたしが出かける時から変だったよね」

「変じゃないよ」

「変だよ」

「どうして？」

「変っていえば、莉央ちゃんでしょう」

「まあ、わたしのことは気にしないで、今度あの人とご飯を食べてきたらいいよ」と紗央。「だけど、あの人が莉央ちゃんを困らせないといいね。そのあと家まで送ってきたりして」

「何、それ」

「ほら、前に、莉央ちゃんがつきあってた人のこと」

「ああ——」

わたしは言葉を濁す。正直言って、あんまりその話はしたくない。

けれども逃げるのも何だかしゃくにさわる気がして、ここは受けて立とうと思った。もしかしたらわたしも、紗央の姉だけあって、意地っぱりなところがあるのかも。

「あの人のことがどうしたの？」

虚勢とともに胸を張って、紗央にそうたずねるが、

「莉央ちゃん、言ってたよね。その人と別れた時のこと」妹は容赦なく直球を投げてくる。

「夜に家まで送ってもらった時、アパートに『上げる』『上げない』っていう話から喧嘩《けんか》になったのがきっかけだって」

その時の記憶が不意打ちのようにやってきて、わたしはダメージを受ける。

「ちょっと寄っていきたいな、だめ？」

彼がそう言ったのだ。アパートの前の路地で、二階の窓を見上げながら。

時刻は十時すぎだったろうか。部屋に上がっても――すぐに帰るのではなく、ほんのちょっとゆっくりしても、終電にはじゅうぶん間に合う。

わたしがひとり暮らしなら（胸をときめかせつつ）いろいろと迷うだろうシチュエーション。相手がどういうつもりで言っているのか、わたしはどう応じるべきか。けれどそもそも、わたしはひとり暮らしではない。

「妹がいるから」

そう答えると、彼はいくぶん眉《まゆ》をひそめて、

「知ってるよ」あきらかに気にさわった調子で言った。「いっしょに住んでるって、前に聞いたし」

「うん。それでね、妹っていうのが――」

人ぎらいのちょっと変わった子だとか、そもそもこの時間には寝ているだろうとか、そんな説明をしようとしたのだった。けれども、

「妹さんのことはいいよ」彼はわたしをさえぎり、「だけど、心外だな」

「心外？」

「とにかく、わかったから帰るよ。じゃ、おやすみ」

「えっ、待って。わかったって、何が？」

きびすを返して大股《おおまた》に去ってゆき、わたしは自宅近くで騒ぎを起こすわけにもいかず、見送ることしかできなかった。

もちろん納得できずに、アパートの居間にすわって（紗央は奥の部屋で寝ていた）メッセージを打つ。

『さっきのはどういうこと？』

しばらくして既読にはなったものの、返事はなし。

『心外、って言ったんだよね？』

さらに送ると、数分たってから返信があり、

『そう』

たったひとこと。わたしも頭にきて『どういうこと？』と問いつめ、そのあとは怒濤《どとう》のやりとりになった。

彼の主張は要するに、さっきのわたしの口調が気にさわった――警戒する響きがはっきりとあり、それが「心外」だったという。ひとり暮らしでもないのにそれはないだろうと。

妹と暮らしていることは聞いていて、おぼえていないわけがない。そこは重要なポイントだから。にもかかわらず警戒されたのでは、まるでこちらが狼か何かみたいではないか。

そうじゃない、とわたしは言いたかった。わたしが何かを警戒していたとすれば、ひとつは、ぼろアパート（大家さんごめんなさい）を彼に見られること。

そしてもうひとつは、美少女の紗央を見られることだった。

でも容姿についてのコンプレックスだけではなく、もしかしたら、変わった子である紗央のことを恥ずかしく思う気持ちもあったかもしれない。そういった内心のもろもろを押し隠して、

『妹は人見知りで、特に男の人が苦手なんだよ』

それだけ打つと、すぐに届いた返事が、

『男に悪さでもされたことあるの？』

路地でのわたしの口調が彼の気にさわったというなら、このメッセージの調子はわたしを激怒させた。

紗央にそんなことがあったなんて聞いていない。わたしが聞いていないだけではなく、あったはずがない。

もしあったら、わたしはその相手を殺しただろう。

それがきっかけで、そのあとは早かった。学生時代の経験からも、恋人との喧嘩には修復のできるものと、そうではないものがあることを知っている。

だから別れたのはしかたがないと思っているし、後悔はしていないが——

「あの人もそうだったよね？」

紗央の声。わたしは現実に引き戻され、紗央がふいに目の前にあらわれたみたいな気分になった。

「『そうだった』って、どういう意味？」

「莉央ちゃんを困らせたんでしょう？　アパートに寄っていきたい、なんて言って」

「困らせたっていうか——」

まあ、たしかに、そういう言い方もできるけれど。

「結局、問題は、男の人が女の人を放っておいてくれないことなんだよね」と紗央。

「どういうこと？」

「だから、普通に仲良くしてても、それとはちがうつきあい方じゃないと満足してくれないんでしょう？」

ちがうつきあい方、というのは――

「もしかして、紗央が言うのは、いわゆる恋人らしいつきあい方のこと？」

セックス、と言えば簡単だが、妹に対してそうあけすけに言うのははばかられた。

「だとしたらそれは――」

男の人だけが一方的に望んでいることというわけじゃないよ。わたしはそう言おうとしたのだけれど、

「わたしが中学の時の話」紗央はいきなり話題を変えた。

「前に言ったよね。クラスでちょっとした事件があったって」

「うん」わたしはうなずいて、

「紗央が解決したっていうやつだよね。探偵役をやって」

「まあ、あれが解決っていえるとしたら」紗央は肩をすくめ、「その時の話を聞いてくれる？」

わたしがうなずくと、紗央はお皿を重ねて流しへ運び、二人分のほうじ茶をいれて

から、中学時代の事件の話をはじめた。

「莉央ちゃん、おぼえてるかな。わたしたちの中学では、学年の終わりごろに、演劇部が二年生だけの劇を上演することになってた。オリジナルの脚本で、演出も全部二年生がやって、それを卒業間近の三年生たちに見てもらうっていうやつ」

「そういえば、そんなのがあったね」

紗央とわたしは同じ公立中学に通ったのだが、年が離れているから、共通の知り合いはひとりもいない。

演劇部の企画については、かすかな記憶がある。三年生のためという名目だけれど、見たければ誰でも――同じ二年生、または一年生も、見にいってかまわないはず。

「わたしが二年の時、演劇部の二年生は三人だけで、全員わたしと同じクラスだったの。

女子が二人、岡部《おかべ》さんと北本《きたもと》さん。それから男子の河野《こうの》くん。

小柄な岡部さんは読書好きで、脚本を書いたり演出したりが好きなタイプ。背がすらっと高くて美人の北本さんは女優タイプ。

河野くんはスポーツが得意で、部活はバスケット部とのかけもち。顔がハンサムで性格も明るくて、女子に人気があったし、男子にも好かれる、クラスの花形っていう感じ。

演劇部にはちょっと珍しいタイプだったかもしれない。実際、放課後はほとんどバスケをやっていて、演劇部のほうは幽霊部員だったって。

そんな人がどうして入部したのかといえば、岡部さんと幼なじみ——お母さん同士が親友で、小さいころから知っていたから、つられて何となく入ったみたい。

二人はふだんから仲がよくて、河野くんファンの女子たちが岡部さんをやっかんだりした。岡部さんは『そういうのじゃなくて、ただの友達』といつも言っていて、女子たちのほうも『そりゃそうよね』なんて陰口を言っていた。

『岡部さん、地味だもの。河野くんはそういう意味で好きなわけじゃないよね』って。

岡部さんはそれを知っていて、『河野くんのファンがいろいろとうるさくて』なんてこぼしたりしてた」

紗央は言葉を切り、大きめの湯呑《ゆの》みを両手ではさんでお茶を飲む。わたしも飲みながら話のつづきを聞いた。

「そんな三人が劇をやることになった——といっても、何しろ、河野くんは幽霊部員だから」

「それまで舞台に出たことはあるの？」

「もちろん、ちゃんとした役をやったことは一度もない。だけどハンサムで人気があるから、『ちょっとだけ出ろ』って先輩に言われて。コスプレして舞台を横切るとか、ほぼ立っているだけとか、そんなふうに何度か出たら、それでもファンの女子が見にきたって」

「へえ。アイドルみたいだね」

「その二年生だけの公演も、ほとんど岡部さんと北本さんの二人芝居。河野くんは最後にちょっとだけ出ることになっていた。

バスケの試合もあるし、ストーリーにからむような役は無理だけど、それでも出たい、今回はせりふのある役にしてほしいと岡部さんに頼んで、そういうことになったって」

「岡部さんが脚本を書いたんだね」とわたし。「どういうお話なの?」

「それは秘密になっていたの。誰にも言っちゃだめって、岡部さんがほかの二人に口止めしてた。ストーリーも、三人がそれぞれどんな役をやるかも。

ちょっとびっくりするような趣向があるって、岡部さんがまわりにほのめかしていたそうだけど――」

「公演日まで、それは内緒だったというわけね」

「それどころか、ずっと内緒のままだったんだよ」と紗央。

「えっ？　どういうこと？」

「公演は中止になって、それっきり。そのお芝居が日の目を見ることはなかったの」

6

「中止になった？」

「岡部さんがそう言ったの。申し訳ないけど、上演することはできなくなりましたって。公演の二日前に」

紗央は立ってほうじ茶のお代わりをいれ、自分のとわたしの湯呑みに注いでから、話のつづきをはじめた。

「最初は練習不足とか何とか説明してて、顧問の先生や先輩たちは『しかたないね』と言ったそうだけど、納得しなかったのは同じクラスの人――中でも、河野くんのファンの女子たち。

どういうことなのって、何度も岡部さんを問いつめた。そうしたら岡部さんが、『このことは言いたくなかったんだけど』って前置きして、

『衣装の一部がなくなった』と言ったの。北本さんが使うやつで、彼女の鞄《かばん》に入れて教室に置いてあったのが、昼休みのあとになくなっていたんだって」

「つまり、誰かが盗んだということ？」

「そういうことになるね」

「でも、誰が、どうして？　それからどうやって？」

「最後の『どうやって』については、そんなにむずかしくない」と紗央。

「お天気のいい暖かい日で、昼休みの教室には誰も――わたしでさえもいなかったから。そこに入ってきて、北本さんの鞄を開けて、中のものを持ち出すことは、やろうと思えば誰にでもできたはず」

「だけど」とわたし、「持ち出すためには、それがそこにあることを知ってなくちゃいけないよね」

「ああ、そのことなら」

紗央はちょっと「莉央ちゃんも意外と鋭いね」とでも言いたげな顔をしてから、

「朝、みんなのいるところで、北本さんが岡部さんに言ってたんだって。『注文したあれ、やっと届いた』『放課後に試してみようね』とかそんなふうなこと。聞いてた人はたくさんいるし、二人の口ぶりから、劇に使う何かを今日持ってきたんだなってことは想像がついたみたい」

「だとすれば、犯人は誰でもおかしくないわけね」とわたし。「同じクラスの人なら誰でも」

「そうなる、というか、なってたはず」と紗央、「もし目撃証言がなかったら」

「そんなものがあったの？」

わたしの言葉に紗央はうなずいて、

「さっきも言った河野くんファンの女子たちが、臨時の探偵団みたいなのを結成して、隣のクラスまで聞き込みにいったんだよ。その結果、昼休みのあいだじゅう教室にいて、忘れた宿題をやっていたっていう女子を見つけだしたの。

わたしたちの教室は廊下の端で、出入りする時はかならず隣のクラスの前を通る。宿題をやっているその子のほうでは、誰かが通れば、足音や何かでかならず気づく。

その子の話では、あたりが静かな時——みんなが外に出ていってから、予鈴が鳴って戻ってくるまでのあいだに、わたしたちの教室に出入りした人がひとりだけいたって」

「だとしたら、それが犯人？」

「常識で考えてそうなるね。だけどその目撃者の子も、ちらっと姿を見ただけで、顔まで見たわけじゃない。

ただし男子なのはまちがいない、見た目も、あと声も。廊下を歩いてきて、通りすぎながら、ぶつぶつと何かしゃべっているのが聞こえたんだって。

目撃者の女子は『ひとりごとを言ってる』とまず思って、次に『あ、携帯でしゃべってるのかも、だとしたらずるい』と思ったって。携帯電話を学校に持ってくるのは禁止されてたからね。そのころは。今はどうだか知らないけど。

話の内容はわからなかったけど、『おととし』『やめる時』とか言ってるのが聞き取れたって。しゃべりながら隣の教室に入っていって、しばらくして出てくると、今度は黙ったままうしろ姿を見せてどこかへ行った。行きも帰りもたぶん手ぶらだったような気がする。

これが目撃証言で、そこから探偵団の連中が引っ張り出してきた容疑者が、わたしたちのクラスの藪沢《やぶさわ》くんという男子」

「その子はどういう――」

「まあ、はっきり言えば、容疑者にぴったりのタイプ」紗央は肩をすくめて、「一見地味なんだけど得体がしれない――おとなしいようにも、陰険で何かをたくらんでるみたいにも見える。

小学校は私立の名門、高校までそのまま上がれるところに通っていたのに、六年の終わりにそこをやめて公立に転校してる。どうも何か問題を起こしたらしいんだけど、くわしいことはわからない。

この藪沢くんが疑われた理由は、まず、携帯電話を持っていること。先生の目を盗んで学校に持ちこんでいる、という意味だよ。

それから、証言に出てきた『おととし』『やめる時』という言葉も、藪沢くんにぴったり合う。私立の学校をやめた――やめさせられた事情のことを話してたんじゃないかって。

あともうひとつ、藪沢くんが北本さんのことを好きらしいっていうのもある。そんな彼が、何となく好奇心を抱いて、北本さんの鞄を開けたんじゃないか」

問題のありそうな人物だが、今聞いただけのことで疑われるのはちょっと――わたしはそう思い、それが顔に出たのだろう。

「まああとのほうのはこじつけだよね」と紗央も言う。「二年前に何かをやめた人なんてたくさんいるはずだし、北本さんを好きな男子も。

何しろきれいな人だったから。背が高くて、清楚《せいそ》な感じで、さらさらの長い髪で」

そういうタイプの女子なら知っている。中学の時、わたしのクラスにもいた。男子に思いを寄せられ、女子からも憧《あこが》れられるような。

「藪沢くんが容疑者扱いされたのは」紗央はつづけて、「結局は携帯電話を持っていることと、本人のキャラクター――何かありそうなやつで、友達もいなくて、クラスの中で浮いてるっていうことが大きかったんだと思う。

もちろん、最後のところはわたしだって負けないけど。もし『男子』っていう証言がなかったら、わたしが犯人扱いされてたかもしれない」

大まじめな顔でそう言ってから、

「ともかくそういうわけで、放課後、探偵団がみんなの前で藪沢くんを問いつめた。『あなたが取ったんでしょ？』『ちゃんと返しなさいよ』とか何とか」

「ちょっと待って」わたしがさえぎる。「そもそも、なくなったのは何なの？　みんなはそのことをわかってたの？」

「ううん」紗央は首を振る。「そこは教えてもらえなかった。たぶん公演当日まで内緒になってた、『びっくりするような趣向』っていうのに関係するんだろうけど」

「衣装の一部、と言っていたよね？　あと大きさも——」

「そう、そんなに大きなものじゃないはず。北本さんは通学用の鞄に入れて持ってきていたし、犯人も制服のポケットか、上着の中に隠すかして持ち出したみたいだし」

男子の上着なら、そこそこのものが隠せるだろう。ポケットも大きいし、懐に入れることだってできる——とはいえ、衣装一式というわけにはさすがにいかないはず。

「だとしたら、それなしでやるわけにはいかなかったの？」

せっかくオリジナルの脚本を書いて、練習までしたのに。

「探偵団の連中も同じことを言ってた」と紗央。「『衣装の何かがちょっとくらい足りなくても、そのままやればいいじゃない』って。

だけど岡部さんはうなずかなかった。それがあるとないとで大ちがいらしいんだけど、何なのかは教えてくれない。北本さんも、それから河野くんも。

だからそこのところは謎のまま、放課後の教室で、探偵団の連中が藪沢くんを問いつめることになったわけ。

『北本さんがかわいそうでしょう。それに岡部さんも』

藪沢くんは引きつった顔で、被害者側の二人もどこか困ったような、犯人探しなんて頼んでないのに――っていう表情。河野くんは例によってバスケの練習でその場にはいなかった。

『二人とも、一生懸命練習してたのに』

『河野くんも真剣に考えてたんだよ』ひとりの子が言った。『弟が言ってたけど、バスケ部のほうでぼんやりしてることもあったって。練習のあと着換えようとして、制服のシャツをうしろ前に着ちゃったり』

わたしは何となく帰りそびれてその場にいたけど、これを聞いた時、『あれ?』って思ったの。

たしか翻訳ものの小説で、シャツをわざとうしろ前に着る人のことを読んだことがあったから。その人はなぜそんなことをしたかというと――

わたしが何か思いついたような顔をしたんでしょう、藪沢くんが横目でこっちを見て、すがるような表情を浮かべた。

『クラスで浮いてる者同士、何とかしてくれない？』みたいな。正直言ってうれしくなかった——わたしも藪沢くんのことはあんまり好きじゃなくて、助けてあげる義理もなかったし。

それで黙っていたら、『探偵団』のひとりが藪沢くんの視線をたどってわたしの顔を見て、

『佐久間さん、何か言いたいことがあるの？』

いかにも『どうせないだろう』と言いたそうな口調がしゃくにさわったのかもしれない。それか、いくら藪沢くんがいやなやつでも、やっぱり間違ったことをそのままにはしておけないと思ったのか。

気がついたら、わたしは一歩進み出て——はいなくて、同じ場所のままだったかもしれないけど、その子やほかの人たちに向かって話しはじめていた。

『わたしが言いたいのはこういうこと』

みんなびっくりしてこっちを見た。わたしが大勢の前で何かを話すなんて、たぶんはじめてのことだったから。

『誰かがひとりで歩きながら、何かを声に出してつぶやいてたとしても、ひとりごとを言ってるのでも、携帯で話してるのでもないかもしれない。特に今度みたいな場合には』

すごく簡単というか、基本的なこと。みんな気がついてないんだろうか、だとしたら不思議だと思いながらそう言った。

『今度みたいって？』

『演劇部や、お芝居が関係してる場合のこと。だとしたらその人は、せりふの練習をしていたのかも』

わたしがそう言ったら、一瞬しんとなって、そのあと『ええっ？』という感じになった。

『わかってる？　今度やる劇は二年生ので、三人しか出ないんだよ』

そんなことはわかってる。そのうち二人は女子で、男子がひとりだけということも。

『まさか河野くんがそんなことをするはずがないじゃない』

『そうだよ』『ありえない』『ぜったい関係ない』

そうか、と思った。みんな気がついてないんじゃなくて、気づきたくないし、納得したくもないんだ。

分厚い壁みたいな抵抗。それを破るためには、話せることを全部話さないといけないのがわかった。

わたしは岡部さんと北本さんの顔を見た。二人とも黙っていて、びっくりしてはいなくて、たぶんわたしが話すのを喜んではいないけれど、だからといって止めようともしない。

『じゃあ』わたしはつづけて、『河野くんが関係ないとしたら、うしろ前のシャツのことはどうなるの？』

みんな意表をつかれて、『何言ってるの？』とすら言わずに、わたしの顔をぽかんと見ていた。

『それと、隣のクラスの人の話に出てきた、廊下から聞こえてきた言葉』わたしはつづける。『おととし、やめる時、と聞こえたっていうけど、それは二年前に誰かが何かをやめたという話じゃなくて』

『じゃなくて、何？』

『結婚式に牧師さんが言う言葉——花嫁さんに言うほうの言葉じゃないの？　あなたは誰々を夫とし、病める時もすこやかなる時も、何とかかんとかを誓いますかっていうやつ。

シャツの話からいってもそれだと思う。牧師さんのシャツは詰め襟で、ボタンも隠しボタンだから、普通のシャツをうしろ前に着るとそれっぽくなるでしょう。河野くんはそれを試してみたんじゃないの』

誰も何も言わなかったけれど、さっきとは空気がちがっていた。みんなわたしの話を聞きはじめた——まだ信じてはいないけれど、本気で耳を傾けはじめたのがわかった。

『これだけのことが偶然とは思いにくいから、まずまちがいなく、廊下を歩いていたのは河野くんで、河野くんが演じることになっていた役は牧師さん。

その牧師さんのとりしきる結婚式が、お芝居の最後の場面。河野くんはそこにしか出ないっていうんだから。

ほとんど二人だけで進むお芝居が、結婚式の場面で終わるとしたら、ハッピーエンドのラブロマンスなんじゃないのかな。ここのところは推測で、ちがっているかもしれないけど』

岡部さんと北本さんはあいかわらず黙ったまま、ちがうとは言わないし、そうだとも言わない。

『演じるのは岡部さんと北本さんだけど、女性二人が結婚する話じゃない。牧師さんのせりふに、夫とし、というところがあるから、少なくともひとりは男のはず。

たぶん男女のカップルで、岡部さんか北本さんのどちらかが男を演じる。

たぶん北本さんのほう、と思うのは背が高いからだけじゃなく、なくなった品物が北本さんの使うやつだったから。

大きなものじゃないけど、それがあるとないとで大ちがいの、衣装の一部。自分で作ったり工夫したりはむずかしく、買うにしてもそのへんのお店では売ってなくて、手に入れるのに時間のかかるもの。

これも推測だけど、たぶん合っていると思う。男の髪形のウィッグじゃないかな』

わたしがここまで言うと、その場の雰囲気ががらりと、本当に音を立てるみたいに変わったの。

みんながわたしの話を信じたのがわかった。なくなった品物のこと、お芝居のストーリーや設定、そして河野くんが犯人ということ。

でも、みんなの顔は、それですっきりしたようにはとても見えなかった。むしろ不安そうというか、居心地悪そうっていうか。

探偵団やほかの人たちはぼんやりして、岡部さんと北本さんはうつむいて、みんな何も言わずに黙っていた。

藪沢くんがそれ以上問いつめられることもなく、変な雰囲気の集まりはなしくずしに解散になったんだけど。

でも真犯人のはずの河野くんは、次の日以降も表立って何か言われることはなかった。

もともと幽霊部員だった演劇部をやめて、部活はバスケ一本に絞り、あいかわらず人気者だったけれど、前ほど輝いている感じではなかったかもしれない。

北本さんも演劇部をやめるとか、やめないとかいう話があったみたいだけど、結局はどうなったのかな。

クラスの雰囲気が少し変わった——全体に空気がよどんだみたいな感じがあって、みんなはわたしのせいだと思ってたみたい。

どっちみち、三年になればクラス替えがあるんだから、それまでの辛抱だったと思うけどね。わたしはそれより前に学校に行かなくなったから、あとのことはどうなったかわからない。

とにかく、いまだに納得がいかないよ」紗央の口調が強くなる。「もちろん、悪いのは河野くん。人のものを勝手に持ち出して、たぶんどこかに捨てたんだから。窃盗とか器物損壊とかなのに、大して責められない雰囲気だったのはどうしてなのか。もともと人気があったから——っていうなら北本さんもそう、そしてこっちは被害者なのに、何だか肩身が狭そうにしていて、そのあと岡部さんとも気まずくなったみたいなのは、いったいどういうことなのか」

憤然と言い、ふわふわした髪がこころなしか逆立って見えるほど。

「結局、男子がひどいことをしても、ただのいたずらみたいに片づけられる。された女子のほうが居心地悪かったり、友達までなくしたりする。

それなのに、それだからかもしれないけど、男子のほうが女子を放っておいてくれないんだよ。

河野くんのファンの女子は、陰でいろいろ騒いだり、お芝居やバスケの試合を見にいくくらいで、本人のいやがることは絶対にしない。男子のほうは女子のことを、じろじろ見たり、無理やり近づいてきたりするのに。共通の話題もないのに話しかけて、あげくにこっちのことを無愛想だと言ったり」

後半は実感がこもっていて、紗央自身の経験なのだろう。そして紗央みたいに目を引く美少女でなくても、言いたいことはある程度わかる気がする。

それはともかく、と、妹の顔をつくづく見ながらわたしは思う。たぶん紗央には、どうしてクラスの雰囲気が悪くなったのか、本当のところが当時わかっていなかったし、今もわかっていないのだ。

どうして最後の瞬間、紗央が「ウィッグ」という言葉を口にした時に、雰囲気がはっきりと変わったのかも。その場にいなかったわたしには何となくわかる気がするのに。

岡部さんと北本さん、二人の少女のおたがいに対する気持ちもわかるような気がする。自分とはタイプのちがう同性の友人に、それぞれ強く惹きつけられて、しばらくのあいだ夢中になった。

女の子には、たぶん男の子にも、思春期によくあることなのだと思う。まわりが目に入らなくなるような気持ちは「恋」とよく似ているし、その一種といってもいいのかもしれない。だからといって、その当事者が、それから先もずっと同性に恋するとはかぎらないけれど。

そんな二人が、事実上の二人芝居を企画し、ひとりが男という設定でラブストーリーを演じることにした。

背の高い清楚な美少女が、ただ男っぽい服装をし、長い髪をまとめるなり帽子で隠すなりして演じるなら、観客は「ああ、男という設定なんだな」と納得し、遊びにつきあうような気持ちで観ることができただろう。

でもそこにウィッグが登場すると、印象ががらりと変わる。

男装の「本気度」が一気に上がり、それに加えて、はずした状態のウィッグ――体を離れた毛髪の、どこか猥雑なたたずまいも想像される。

さらには、北本さんの鞄に差し入れた河野くんの手の感触すら、ありありと浮かんだかもしれない。

中学生たちにとって、それらが「いけないこと」と感じられたのはたやすく想像がつく。

紗央が推理を披露し終えた瞬間、いろいろなことが生々しく浮かびあがってしまったのではないだろうか。男装、恋愛、そしてストーリーの最後に置かれた「結婚」も。

だからその場が気まずくなり、そのストーリーを企画した岡部さんと北本さんも、それまでのように無邪気におたがいに夢中でいることはできなくなり――その構図を堂々と示した、照れることもうつむくこともなく、涼しい顔と冷徹な論理で指摘してのけた紗央は、みんなから煙たがられ――

いっぽう、公演直前に小道具を盗み出し、おそらくはどこかに捨てた河野くんの行為が責められることはなく、彼は少々輝きを失っただけで、クラスの人気者でありつづけた。

中学生にとって「いけないこと」、エロス的なものを排除した彼の行為は、その意味では正しいことだったから。

もちろん河野くんが悪くないとは、わたしだって言うつもりがない。男子が女子に何かと干渉してきて、それが鬱陶しいという紗央の主張もわかる。でも、

「岡部さんたちもちょっとよくないと思うよ。演劇部の行事を私物化しようとしたみたいなところが」

女子二人だろうと、男子と女子だろうと、そこはほめられたところではない。わたしはそう思ったのだけれど、

「河野くんがぜんぶ悪いんだよ」紗央は断言する。「そもそも、岡部さんとは仲のいい友達だったんだから、そのままでよかったのに、それでは満足できなかったということでしょう？」

河野くんが岡部さんを好きだったことは、わたしにも何となく想像がつく。幼なじみの彼女のことを、「そういう意味で」好きだったのだが、岡部さんのほうは同じ気持ちではなかった。

そんな岡部さんが、北本さんと仲良くしていることを、河野くんは当初何とも思っていなくて、だからこそお芝居の中で二人の結婚式をとりしきることにも同意した。でも最後に追加された「衣装の一部」については、前もって聞いていなかったのではないだろうか。

その河野くんが、好奇心から北本さんの鞄を開け、ウィッグを見つけたことで、「本気で演じる」、つまり「ライバルになりうる」北本さんの存在をはっきり感じ——はじめて強い嫉妬《しっと》をおぼえ、それをこっそり持ち出して処分した。

そんな背景について、紗央ももちろんだいたいのところはわかっていたはずだが、どこかが決定的にわかっていないのではないだろうか。

エロス的なものについては、まったく理解しないまま、それが諸悪の根源だと思っているのかもしれない。日ごろ自分が感じるストレス——外を歩けば向けられる無遠慮なまなざしなどの。

けれども、せめて恋心については、もう少しわかってもいいような気がする。

「あのね、紗央」とわたし。「やっぱり恋っていうのは、友達でいることとはちがうよ」

「ちがうのは知ってるよ」と紗央。「だけど、聞いた範囲じゃ、いいことは何もない」

「何も？」

「だって、独占欲とか、嫉妬とか、そういうのが強くなるだけなんじゃないの。友達同士でもそれはあるみたいだけど、もっとずっと」

「まあそうだけどさ。でも」

「じゃあ、恋にはどんないいことがあるの？」

こう言われて、わたしは真剣に考える。

「胸がどきどきしたり、奥のほうがきゅんとしたり」

「しなくていいよ、そんなの」

「手が触れただけでうれしくなったり、もっと触れ合いたいと思ったり」

紗央はとうてい理解できないというように首を振り、

「まあ、友達のほうがいいよ。それもわたしにはいないから本当のところはわからないけど」

それでも恋愛よりはまだ友情のほうが、人間の感情としてずっと上等だと思う」

生意気なことを言い、それも一理あるという気もする。百パーセント理解できないわけではないのだが――

「紗央のこと、ちょっと心配なんですよ」

わたしが伯父《おじ》に言った。例によって月曜の深夜、二人きりで話していた時のこと。

「どういうところが？」

かすかな光を放つ伯父が、片方の眉《まゆ》を上げてたずね、

「やっぱり、友達がいないこと、ですかね」わたしが応じる。「もちろん、多ければいいというわけじゃないと思いますけど」

「当たり前だ」伯父は言下に、「多いのが悪いとまで言うつもりはないさ。でもそれが何よりの自慢なんてやつは、例外なく、ただのばかだ」

断言する。わたしがひそかに思っていても、とうていそこまで言えないことを。年の功か、またはすでに死んでいることの強みだろうか。

「とはいうものの」腕組みをして、「ひとりもいない、いたこともないとなれば、やはり考えものだな」

「ですよね」とわたし。「わたしとのあいだは友達っぽいところもあるけど、姉と友達はやっぱりちがうし」

「そりゃそうだ。身内っていうのはかけがえのないものだけど、身内でもないのにどこかでつながっているというのが、友達のかけがえのないところだからね。

この広い、しかも世知辛い世の中で、そういう相手と運よく出会えたというのが」

「それは、恋人でも同じですよね」

思わずそう言ったのは、わたし自身が恋のはじめ――この人と出会えてラッキーだったな、などと折々に思う段階にいたからにちがいない。

「たしかにそうだが」伯父はちょっとだけわたしの顔をさぐるように見たものの、深追いはせず、

「あの子の場合、いきなり恋人というのもちょっとハードルが高いんじゃないかな。やっぱり、まずは友達だろう」

「ですよね」わたしも同感だった。「グレンやエレンとは、最近わりと仲良しなんですけど、でもそれも――」

エレンが掃除をするところがよほど気に入ったらしく、時々開店前の銭湯にやってきて見せてもらったりしているようだが、

「それも友達とはいえないな」と伯父。「何しろあの二人はおまえたちのしもべだし、そもそもまったくちがう存在だからね。最低限でも同じ人間、なるべくなら似たような年ごろがいい。

もちろん、ひとりでかまわない。そういう相手ができれば、もともと鋭いところのある子だけど、何というか、幅が出るんじゃないか」

まったくおっしゃる通りで、わたしはうなずくほかなかったのだけれど。

翌週のはじめ、文房具やら何やらを買いに隣町へ出かけたわたしは、駅前の雑踏の中で見おぼえのある横顔に気づいた。

「三村さん？」

税務署の近くだから、三村さんが歩いていてもおかしくない。声をかけると相手は足をとめたが、そのわりにふり返りはしない。

人ちがいだったかなと思いはじめたところで、ゆっくりこちらを向いたのだが――

「どうしたんですか、その顔」

わたしはびっくりする。さっきは見えなかった左半分に、細かい擦り傷がひろがっているのだ。

赤茶色の砂でも撒《ま》いたみたいに。もともと色白のせいもあって、全体の印象はかなり派手。

「まあ、ちょっと」いかにもしぶしぶという調子で、「転んでしまって」

「えっ、転んで？　でも――」

誰しも何かのひょうしに転ぶことはあるけれど、地面に手をついたりして顔を守るものではないだろうか。

「両手がふさがっていたんですか。荷物が多かったとかで」

「いえ、そんなことは。銭湯の帰りですから」

「銭湯？」ということは、「もしかしてうちの？」

「もしかしなくても、そうです」

三村さんが最後に来たのは前の週の金曜かそこら。あの帰り道に転んで、あんなふうに──

「たぶん」三村さんは上目づかいに、『鈍くさいやつ』とでも思っていらっしゃるんでしょうね」

「いえ、そんな」

わたしは否定したが、内心それに近いことを思っていなかったとはいえない。

「実はですね、その時」

三村さんは何かを言いかけて、同時に離れたところからこちらを見ている男の人に気づいた。

「あっ、すみません。それじゃまた今度──」

上司らしいその人のほうへ歩いていって、話はそこまでになり、わたしのほうも深く考えもしなかったのだが。

その日の午後、いつものごとく番台にすわっていると、常連客の磯部さんがまっす

ぐやってきて、

「今日は大変だったわねえ」真剣な顔つきで、「大丈夫なの？　あの人」

「えっ？」

「ほら、あの男の人。ブランさんだか、ブレンさんだか」

南方グレンのことなのはわかるが、いったい何の話なのか。

「ご心配をおかけして申し訳ありません」

わたしの横から落ち着いた声が言う。いつのまにかやってきていたエレンが流れるような口調で、

「ですが、おかげさまで、大したことはありませんので」

「お医者さんには診てもらったのよね？」磯部さんがたずね、

「はい」とエレン。

「骨が折れたりはしていない？」

「そんなことはありません」

「でも、休んでいらっしゃるんでしょう？」

「ええ」

「それがいいわ。だけど災難よね。あのマンションはもともと、住人の質があんまりよくないと言われているけど。警察には行ったの？」

「今のところはまだ」

「絶対に行くべきよ。ともかく大事にして、気をつけてあげて」

「ありがとうございます」

磯部さんは気がすんだようにのれんをくぐってゆき、

「今のはどういうこと？」

わたしは声をひそめてエレンにたずねる。何しろ、今の二人の話しぶりでは、グレンが事故にでも遭ってベッドで寝ているみたいに聞こえる。

でも実際には、いつも通りの丈夫な姿で、ボイラー室で働いているのだ。さっき通りがかりに見たからそのことはたしか。

「あとで説明します」とエレン。「それにしても、よかった。二つですみましたから」

「二つって？」

「わたしがついた嘘です。医者に診てもらったかというのと、休んでいるのかというのと。残りはどうにかごまかしたのですが」

よくわからない話だが、今は忙しい時間なので、とにかくあとで聞くしかない。

わたしは入浴券や料金を受け取り、お釣りを渡し、話し好きなお客さんと長すぎず短すぎない程度に世間話をし、合間にかかってくる電話を取る。

波を乗りこなすようにピークタイムをすごすと、いつものごとく、決して忙しいとはいえない時間がやってくる。

そのあいだに、番台のかたわらに立つエレンからあらましを聞いた。

「えっ、襲撃された?」

その日の午前中、南方兄妹《きょうだい》が出勤してくる時のこと。

坂道にさしかかるあたり、雑木林のかたわらに建つ大きなマンションの前で、歩いていたグレンの頭上に何かが落ちてきた。

とっさに片手をかざしてはじき、地面に落ちたのを見れば、小型のスキレット——てのひらに載るくらいの鉄製のフライパン。大きさのわりにすごく重い、そんなものが高いところから落ちてきたのだという。

「あのマンションの上の階から? ベランダで料理でもしようとして、手がすべって落としたのかな?」

非常識きわまりない話。マンションの住人の質がどうのこうのと、磯部さんが言っていたっけ。

「ちょうど通りかかった先ほどのお客さんも、今の莉央さんのようなことを言って、心配してくださったというわけです」

「それは心配するでしょう。そんなものが頭の上に落ちてきたら」

「人間なら高確率で死んでいたかと思いますが」エレンはさらりと、長いまつ毛を揺らしもせずに言い、

「兄の場合は、右手の薬指と小指が砕けてなくなったくらいで――」

「ええっ？」

「いえ、その程度でどうということは」しなやかな手をこともなげに振る。

「指くらいでしたらひと月以内に再生しますし、今のままでも仕事に支障はありません。三本も残っていれば、たいていのものは持つことができますから」

何しろ魔物のこと、心配すべきなのか、しなくても大丈夫なのか見当がつかない。

「とはいえ」エレンはやや声を落とし、「申しわけありませんが、『火』をこちらに持ってくるほうはちょっと」

いつも月曜の晩にしていること――伯父《おじ》を呼び出すために「火」の一部を洗い場に持ってくるのは当面むずかしい。両手で包んで持ってくるので、指一本ならともかく二本欠けてしまうと、隙間ができてうまくいかないという。

「ですから、少なくとも二、三週間ほどは、伯父様を呼び出すことができなくなってしまいますが」

伯父に会えないのはたしかにさびしいが、ずっとでなくそのくらいなら我慢すればすむ話。

「で、それが、事故じゃなく襲撃だと――」

『超越者』たちの争いについてはお話ししたと思います。その対立する勢力のさしがねでしょう」

「グレンを殺そうとしたということ？」

「可能性はあります。何しろ正確に頭を狙ってきましたから」エレンはうなずいて、「とはいえ、人間でないことは承知の上なので、強度がどのくらいか試してみるくらいの気持ちだったのかもしれません」

試してみるって。それに、強度って。

「まあ、ともかく、グレンが大丈夫ならよかった」わたしが言い、

「はい」エレンがうなずく。「あのお客さんに対しても、どうにかその場をつくろうことができましたし。それに嘘も、二つしかつかずにすんで」

そういえば、さっきもそんなふうなことを言っていた。

「その話はいったいどういうこと？」

「わたしたち魔物は、一日に三度までしか嘘をついてはいけない決まりになっています。その範囲内でおさまったということで。

わたしたちが番台にすわるのが苦手というのも、それが理由なのです。自分たちのことを訊《き》かれたりすれば、どうしたっていくつかは嘘をつかないわけにいきませんか

ら」

南方兄妹が「内気」というのは、どうもそういうことだったらしい。

「それはともかく、『火』は彼らの弱点ですので、そのものにも、それを燃やしている施設にも直接手出しすることはできません。

この『嵐の湯』が攻撃されるようなことはないので、莉央さんたちも安心して生活していただけますが――」

「でも、あなたたちは？」

グレンやエレン、特に「火」の燃やし手であるグレンを攻撃することはこれからもありうるように聞こえる。

「それはありうるにしろ、心配はご無用です。兄は頑丈ですし、わたしは柔軟性に富んでいるし、今後は二人とも気をつけますので」

自信に満ちた声音、流れるような手の動作で、エレンはわたしの心配を脇へ押しやったのだが。

とはいうものの、そうした見通しについて、紗央には紗央の意見があるようだった。

翌日の定休日、雑木林で、倒れた木の上に腰をおろしながら、

「グレンのこと、それから伯父さんのこと。両方並べて考えてみると――」

「伯父さんのこと？」

紗央が言うのは、もちろん、

「伯父さんが亡くなった時のことだよね。梯子《はしご》から落ちて」

伯父から聞いた事情はすでに話していた。「グレンとエレンには内緒」と言われたけれど、紗央に対しては口止めされていなかったので。

「そう」紗央はうなずいて、「その二つの事件には、共通点があると思わない？」

「共通点？」

「そもそも、伯父さんがわざわざ梯子をかけてのぼったのは、屋根に何かがひっかかっていたからだよね」

風に飛ばされた布が、と言っていた。この布はあとまで残っていたらしく、城戸先生の話や送ってもらった書類にも登場している。

「それから、グレンのこと。鉄のスキレットが空から落ちてきて、頭に当たったんだよね」

「マンションの窓か屋上から、とエレンは言っていたけど」

「エレンが言っていたの？　莉央ちゃんが言って、エレンは調子を合わせたんじゃないの？」

そう言われればそうだったかもしれないが、そこにちがいなどあるだろうか。

「まあそれはいいとして、どちらの事件も『高いところ』が関係してる」

紗央は言葉を切り、わたしはしばらくつづきを待った。

そよ風が紗央の髪をなびかせる。この丘のあたりはいつも午前中と夜中に独特の強い風が吹く。定休日にも風は吹くもののずっとおとなしいから、伯父の言う通り、グレンたちの活動と関係があるのだろう。

「だとしたら、もしかして——」

「何？」

「まあ、これは、莉央ちゃんのいう『おとぎ話』かもしれない」と紗央。「それに、矛盾するんだよね。考えてみると」

「矛盾って？　それから、伯父さんが梯子から落ちたことが『事件』だっていうの？　事故じゃなく」

「もちろん、そうも考えられるよね？　警察がどう言おうと」

たしかに警察が間違えることはあるだろう。普通の場合だってそういうことはあるだろうし、ましてこの場合、もし事件なら、人間の知覚を超えた存在やら魔物やらがからんでいる可能性が高いし。

「でも、伯父さん本人が、うっかり落ちたって言ってるんだよ。屋根にひっかかった布を取ろうとして手を伸ばした、ちょうどその時に」

口にしてから、紗央の言いたいことの見当がついた。

「その全部がしくまれたことだっていうわけね。誰かがわざと屋根に布をひっかけておき、伯父《おじ》さんが梯子にのぼって手を伸ばす、ちょうどその時を狙って思い出の香水の香りを漂わせる。

そうやって、気をとられた伯父さんが梯子から落ちるようにしむけた——」

「まあそんなようなこと」紗央は肩をすくめて、「だけど、考えてみて」

「何を？」

「そういうことをするためには、当たり前だけど、伯父さんの高校時代のエピソードを知っていないといけないよね。

それからもちろん、その香水を実際に持っていないといけない。そのためには伯父さんからエピソードを聞いているだけじゃなく、もうひとつ——」

「もうひとつ？」

「そこに出てくる香水の名前を知っていないと、手に入れることはできないよね」

香水の名前。伯父は何と言っていたっけ。

「たしか、『どことかの何とかかんとか』——」

「ほらね、伯父さん自身がちゃんと言えないんだよ」紗央は指摘する。「それを言えるのは」

「城戸先生？」

そう、城戸先生が伯父の昔話を聞いて、箱のデザインから「だったらこれでしょう」と言ったのだ。先生はちゃんと教えたはずだが、伯父はブランド名に興味がなく、香水の名前のほうもおそらくフランス語で手に余ったのだろう。

伯父からそのエピソードを聞いた人はほかにもいるかもしれない。けれどそもそもおおぜいではないだろうし、その中で、箱のデザインから香水のブランドや名前にたどりつける人といえばさらにかぎられる。

「城戸先生があやしいって言いたいの？」

城戸先生といえば、地面に倒れている伯父を見つけて救急車を呼んだ人だ。いわゆる第一発見者――ミステリー小説やドラマでは、容疑者の筆頭といえる役回りではないだろうか。

「そう言いたくもなるけど、そこに矛盾があるんだよ」

「さっきも言ってたよね。どういうこと？」

「こういうこと。城戸先生は香水の名前を知っていたけど、同時に、伯父さんの病気のことも知っていた」

「えっ？」

わたしは意表をつかれる。紗央が言いたいのは――

「余命宣告を受けたっていう前提で、伯父さんから遺言のことや、お母さんやわたしたちを探してほしいっていうことなんかを頼まれたわけでしょう。

つまり、先生は事情をよく知っていた。伯父さんが放っておいても何か月か先には死んでしまうということ。本人やお医者さんを別にすれば、一番よく知っていた人なんじゃないの」

紗央ははっきり言い、わたしにも話の要点はよくわかった。

伯父の死が事故ではなく、誰かがしくんだものだと考えるなら、香水のことや発見者ということから、城戸先生があやしく見える。

でもその城戸先生は、伯父の余命がかぎられている――紗央の言い方なら「放っておいても」遠からず亡くなってしまうことをよく知っている人物でもある。

だとしたら、普通に考えて、そんな人がわざわざ伯父を殺したりするだろうか。

「伯父さんのことも、それからグレンのことも、タイミングが気になるんだよね」と紗央。

「どっちも、『なぜその時なのか』がわからない。伯父さんのほうはさっき言った通りだし、グレンのほうも。

だって敵側からすれば、『嵐の湯』のことも、グレンが火を扱っていることも、前から知っていたわけだよね？」

いつかのエレンの口ぶりからすればそういうことだろう。たしかに、だとしたら、どうして今なのか。

いろいろなことがわからない。伯父の死はやはり事故で、香水の香りがしたというのは伯父の錯覚、あるいはただの偶然なのだろうか。

そして偶然というなら、紗央が口にしたグレンの件との共通点、「どちらも高いところが関係している」というのもそうなのだろうか。

まあ、こちらについては、「偶然」というほどのつながりですらない。わたしにはそう思えてしかたがなかったのだけれど。

それから数日後、三村さんが「嵐の湯」に姿を見せた。

擦り傷がほとんど目立たなくなった顔で、いつものように夜遅くやってきて、いつものように「こんばんは」とだけ言ってのれんをくぐっていったが、帰りぎわは少しようすがちがっていた。

「あの」

何か気にかかることがあるような顔で、わたしに向かって言いかけ、

「はい」

わたしが応じると、あたりを気にするようにためらったあげく、

「いや、いいんです」

それだけ言って帰ってしまったが、あとからメッセージを送ってきた。

『お知らせしたいことがあるので、よければ電話をください』

わたしは家でそれを読み、三村さんの態度を思い出す。来る時は普通だったのに、帰りはどこか変だった。男湯に入っているあいだに何かあったのだろうか。

「わざわざすみません」電話すると、三村さんの声が言う。「実は先ほど、脱衣所で小耳にはさんだことがあって」

「何でしょう？」

「ある人が奥さんから聞いた話で、そちらの従業員――男のほうが、歩いている時に上から物を落とされる事件があったというんですが」

「従業員が怪我をしたのはたしかですけど」わたしは慎重に、「そのお客さんが『事件』と言ったんですか？」

「いえ、その人は『事故』と言っていました」

三村さんはしばらく言葉を切って、

「事件の可能性があると、ぼくが思っているだけです。別のことと考えあわせて。それより少し前に、ぼく自身に起こったことと」

「三村さんに起こったこと？」

「先週、そちらの銭湯から帰る時に、店の前で転んだと言いましたよね」

擦り傷だらけの顔が目に浮かぶ。「はい」

「それ、実は、転んだんじゃないんです。うしろから背中を強く押され、バランスを崩して地面に倒れた。

誰かがぼくの背中を押した、というより突き飛ばした。銭湯の建物を出たすぐのところで、暗がりにひそんでいた誰かが、はっきりした意図をもって突き飛ばしたんですよ」

「ええっ？」

わたしは素《す》っ頓狂《とんきょう》な声を出した。

もしそうなら、どういうことになるのだろう。

先週のグレンの件、その数日前の三村さんの件、さらに数か月前の伯父の死をめぐるいきさつ。

内容も深刻度もさまざまなそれらの出来事は、全部「事件」なのだろうか。

そして、どこかでつながっている？

そんなことが、はたしてありうるのだろうか。

7

「あら、小島さん。このあいだお宅の前を通ったら」

常連客でにぎわう午後早めの待合室。橘さんと話していた大西さんが、男湯から出てきた小島さんに声をかける。

「ずいぶん男前の人が奥さんと話してたけど、あれは誰？　すらっとして、まるで俳優さんみたいな」

本当におばあさんたちは「男前」が好きだな。わたしも人のことは言えないけど――などと思いながら聞くともなしに聞いていると、

「俳優みたいかどうかはともかく」と小島さん、「背広姿の若い男のことなら、うちに書類を取りにきた、弁護士事務所の助手でしょう」

例によってもったいぶった返事に、わたしはちょっとだけどきりとする。

もちろん、世の中に弁護士事務所はいくらでもあり、若い男の助手もたくさんいて、見た目のいい人もそれなりに――

「そんなに素敵な人だったの？」横合いから橘さんが言葉をはさみ、

「そりゃもう」と大西さん。「ちょっとそっけなく見えるほうの男前なんだけど、話の合間ににっこり笑うと――」

「笑うと、どうなるの？」

「それがあなた、とろけるような笑顔っていうのかしら。くず餅《もち》の上にかけた黒蜜《くろみつ》みたいな」

　わたしはふたたびどきりとする。今度はちょっとではなく。

　わたし自身が、倉石さんの笑顔を「熱いトーストの上でとろけるバターのような」と形容したことがあり、今の大西さんの表現にはそれと通じるものがありはしないだろうか。

　倉石さんは「この近くの顧客」の家にちょくちょく来ると言っていた。隣町での発言だが、このあたりだってじゅうぶん「近く」の範疇《はんちゅう》に入るだろう。

　この町に小島さんをたずねて来たとして、帰りにわたしと隣町でばったり会っても別におかしくない。事務所に戻るためには、そこで地下鉄に乗り換えるのだから。

　その次にわたしをお茶に誘う時、ここではなく隣町を指定してもおかしくない。隣町のほうがずっとにぎやかで、喫茶店などもいい店があるのだから。

　つまり、大西さんが目撃したのは倉石さんで、倉石さんの言う「顧客」は小島さんのことだとしてもおかしくはないのだ。

倉石さんに会ったら訊《き》いてみよう。目の前のお客さんにお釣りを渡しながら、わたしはそう思う。

明日、火曜日と祝日が重なり、はじめて倉石さんと本格的なデートをする時に。

その「本格的なデート」の行き先については、何日か前に電話で倉石さんと相談していた。

二人の休日が重なる貴重な日だが、彼のほうは夕方にはずせない用事があるとかで、そうそう遠出をするわけにもいかない。

「映画でも？」と倉石さんが言い、これにはわたしが難色を示した。

「今、そんなに、観たい映画もやっていないし」

口ではそう言ったが、せっかくのかぎられた時間を、相手以外を見つめてすごしたくない――というのが本音。

同じ理由から、美術館もパス。水族館や動物園も。特に動物園については、そこにいる動物が「かわいそう」か「恵まれている」かをめぐって、学生時代の彼と喧嘩《けんか》になったこともある。

といって普通の公園などを散歩するのも、地味すぎる印象はぬぐえない。

「何か、もう少し、イベント的なものがあったほうがいいかな」と倉石さんがコメントし、

「じゃあ遊園地とか？」と言ったのはわたしだが、半分以上冗談で、

「ああ、それもいいですね」

倉石さんが乗ってきた時はやや驚いた。ちょっと子供っぽい気もする——けれども、いいかもしれない。遊園地なんて学生時代に行ったきりだし。

とはいえそれも相手を選ぶ行き先ではある。いわゆる「絶叫マシン」を好きかどうかで、行動パターンがはっきり分かれるからだ（ちなみにわたしはどちらかといえば好きなほう）。

「倉石さん、スリルのあるのは大丈夫ですか？　高いところからすごい勢いで降りてくるようなやつ」

たずねると一瞬間があり、実は苦手で困惑しているのかと思ったら、

「ああ、その手の乗り物なら」

あの笑顔になっているのが目に浮かぶような、余裕たっぷりの声で、

「ぼくは大丈夫」と倉石さん。「むしろ得意なほうですね」

「よかった」とわたし。「わたしも得意なほうです」

「それは結構。どっちのほうが得意かは、行ってみればわかるでしょう」

空の半分ほどはうす青く、残りは白い雲が占め、時おり吹く風が冷たい。

冬の足音が聞こえるようなお天気のせいか、祝日にもかかわらず遊園地の客足はそこそこ。

わたしは「大げさかな」と思いながら厚手のコートを羽織っていったが、着いてみるとそれで正解だった。

倉石さんはといえばひじに当て布のついたツイードのジャケット、いつもよりラフな服装でわたしといっしょに門をくぐると、

「さてと。それじゃ」いくぶんからかうようにこちらを見ながら、「まずはおとなしくジェットコースターにでも乗りますか?」

言われたわたしは、一瞬、とんでもない相手をとんでもない場所に誘ってしまったような気持ちになった。

わたし自身はその手の乗り物が「得意なほう」だと思っているけれど、世の中にはそういうレベルをはるかに超えた人たちがいるのを知っている。そういう人向けの乗り物があることも。この遊園地にはそこまで過激なものはなかったはずだが——

ともかく、二人でジェットコースターに乗る。普通の、つまり途中で宙返りしたりしない「おとなしい」やつ。

最初の坂をのぼるあいだ聞こえている、カタンカタンという歯車の音は、はじめは胸の鼓動と同じくらいのペースだけれど、しだいに鼓動のほうが追い抜いてゆく。のぼりきって、急降下。疾走しつつカーブを曲がって、また坂をのぼり、また急降下して――

「どうでしたか？」

降りたあと、いくぶん髪の乱れた倉石さんが、わたしの顔をのぞきこんで言い、

「楽しかった」

わたしの笑顔は作ったものではなく、言葉も強がりではない。

けれどもそのあとつづけて、宙返りするほうのコースターに乗った時は、ほんの少しの目まいとともに「怖さ」もかすかにおぼえた。

二十歳の時には、そんなことはなかったのに。

年をとった、とは思いたくない。けれども「大人になった」という言葉がふさわしいほど、二十歳が子供だとも思えない。

それとも、やっぱりそうなのだろうか。

倉石さんの顔を盗み見ると、わたしより少し年上のはずなのに、こちらはまったく平然としている。

「次はどうします？　振り子のやつと、上からまっすぐ落ちてくるのとどっちを先に

しますか？」

どうしよう。わたしが返事に困っていると、

「冗談です」涼しい顔で、「ちょっと休みましょうか。少し早いけど、軽く食べてもいいし」

ということで、ぶらぶら歩いて、園内のレストランに入った。

外が寒いので、建物の中には暖房が入っている。そんな店で軽食をとりながら、

「そうだ」わたしは思い出して、「倉石さんがよくたずねて行くお客さん、小島さんという人じゃないですか？」

「そうですけど」倉石さんは眉《まゆ》をあげて応じる。やっぱり。

「うちの銭湯のお客さんなんです。女性のお客さんに『この前来てた人は誰？』と訊かれて、『弁護士事務所の人』って」

それだけでは、やりとりを聞いたわたしがどうして倉石さんのことだと思ったのかはわからない。

説明するためには、大西さんが使った「男前」その他の表現を持ち出さないわけにはいかず、だからわたしは説明せず、倉石さんも特に追及はしなかった。

もし倉石さんとわたしが隣町でなく近所でばったり会って、近くの喫茶店に入っていたとしたら、「男前の人とお茶を飲んでいたけど、あれは誰？」とわたしが言われ

ていたのかもしれない。

店を出て歩きはじめ、道の脇が小さな雑木林になっているところに来かかった時、倉石さんがふいに立ちどまって、葉のなかば落ちた枝先を見上げる。

「どうしたんですか？」

「いや、珍しいと思って。最近は都会でも見るというけど」

「えっ？」

「あそこにいる鳥です」

指さすほうに、たしかに見慣れない鳥がいる。

まあわたしが自信を持って見分けられる鳥なんて雀、鳩、カラスくらいなのだが、その鳥はどれとも似ていない。大きさはたぶん鳩くらいなのに、鷹か何かのような見た目をしているのだ。

油断なく身を起こした姿といい、鋭い目や先の曲がったくちばし、胸元にひろがる波模様といい。

「小さいけれど猛禽類で、ツミという鳥。その雌のほうですね」

「どこで区別がつくんですか？」

「胸の模様もちがうけれど、わかりやすいのは目」倉石さんはすらすらと言う。「黄色い目をしているでしょう。雄のほうは赤いんですよ」

正直言って目の色まではよく見えないものの、話を聞いてびっくりした。雄と雌で羽の色がちがっていても驚かない。そういうことはよくあると知っているから。くちばしの色がちがっても驚きはしない。けれども目が、それも赤と黄色というようなかけはなれた色に、雄と雌とでくっきり分かれているなんて。

「鳥にくわしいんですね」とわたし。

「いやいや、それほどでも」と倉石さん。

「目の赤い鳥って、あまり見たことがない気がします」

「そう、わりあい珍しいですね。水鳥とかにはいますけど。あとは――」

歩き出しながらひとりごとっぽく何か言い、わたしは気になって、

「えっ、何ですか？」

「あとは、ぼくの夢に出てくる鳥」

「夢に――」

「そう。大きな鳥で、全体は暗い紫のような灰色、そして目が燃えるように赤い」

何だかちょっと不気味。倉石さんは首をかすかに振る――思い出して怖くなったようにも、その話をしたのを後悔しているようにも見え、それ以上は説明してくれそうになかった。

それからまたいくつか乗り物に（絶叫系にも、そうでないものにも）乗ったあと、「せっかくだから、観覧車に乗りましょうか」

倉石さんに誘われ、わたしはさりげなく「いいですね」と応じるが、正直なところちょっと緊張した。

デートで観覧車というと、ドラマなどのフィクションではキスをすることになっている。でも実際にしたことのある人はそんなにいないのではないだろうか。

わたしの友達にはいない、と思うけれど、わたしも友達がそんなに多いほうではなく、アンケートをとったわけでもないから本当のところはわからない。

ともかく昼間だし、倉石さんの日ごろの雰囲気からいっても、そんなことにはならないだろう。

警戒しているわけではない。むしろそうなってもかまわない気持ちがあるけれど、期待しているみたいに思われるのはちょっと困る――

などと考えているうちに順番がきて、わたしたちは赤いゴンドラに乗りこんで腰をおろす。

「上まで行くと、富士山が見える――こともあるそうですが」と倉石さん。

「今日はちょっとむずかしいでしょうね」とわたし。

もともと空の半分くらいを占めていた雲が先ほどから勢力をひろげ、色合いも灰色っぽくなってきていた。

　とぎれがちに話しながら、かなり上まで来た時には、あたりが暗くなってきたばかりか、水滴がガラスに細い縞《しま》をつけはじめ、

「えっ、ひどい」とわたし。「さっきまで晴れていたのに」

「しかたがありませんね、これぱっかりは」倉石さんがなだめるように言う。

　わたしは欲張りなのかもしれない。倉石さんとこうして向かいあっているだけでも幸せなのに、景色まで求めるなんて。

　けれども、めったにない幸せな時間だからこそ、つい多くを求めてしまう。

　少し前には青空だったのに、何も今降ってこなくても。富士山なんてぜいたくを言うつもりは最初からないけれど――ちょっと泣きたい気分で、水滴をガラスごしに指でなぞる。

　ふいにゴンドラが揺れ、ふり返るとすぐそばに来ていた倉石さんが、片手でわたしの顔を上向かせ、かがみこんでキスをした。

　短いキス。激しくはない。けれども軽くでも、あいさつ程度でもない。

　くちびるが離れると、倉石さんは身軽にうしろに下がってもといた場所に腰をおろし、そのまましばらく二人で見つめあう。

　倉石さんの顔にはかすかなほほえみ、あの「とろけるような」笑顔ではなくもう少

し別の何か――やさしさと傲慢《ごうまん》さが混ざったような、男の人ならではのほほえみが浮かんでいる気がする。

吸い寄せられるように見つめるわたしの顔にどんな表情が浮かんでいたかはわからず、

「まだ降っていますね」何もなかったように話しかけてくる倉石さんの言葉に、

「そうですね」気もそぞろにあいづちを打つばかり。

「あ、でも、少し弱くなってきたかな」

「そうですね」

ほとんど意味のある言葉も交わさないまま時間がすぎ、どこへも行かない旅が終わってゴンドラが発着点に戻る。

その直後に意地悪な雨は降るのをやめ、雲とともにどこかへ消えてしまう。残るのは濡《ぬ》れた地面だけ、わたしたちはその上を歩いて遊園地をあとにした。

倉石さんの用事まで少し時間があるので、落ち着けるところでお茶を飲もうということになり、帰り道にあるホテルのロビーラウンジへ。

年配のお客さんが多いせいか、暖房がよくきいている。コートを脱げば薄着のわたしはちょうどいいのだが、倉石さんにはそうでもなさそうな気がした。

今日みたいな日に、あのツイードのジャケットでは外の風は冷たく、室内の暖房は暑すぎるのではないだろうか。けれどもソファに脚を組んですわる倉石さんはジャケットを脱がない。考えてみれば、これまで会った時もいつもスーツ姿で、上着を脱いだところを見たことがない。

そんな倉石さんから、今度こそ彼自身のことを聞きたいと思った。生まれた町や子供時代、学生時代、好きな食べ物や音楽、そのほか何でも。

けれども前回同様、いつの間にか現在の仕事や、上司である城戸先生をめぐる話になっていて、

「そういえば、先生には本当にお世話になっていますよね。本来のお仕事だけじゃなく」

もっと前に言うべきだったかもしれないことをわたしが言った。

「伯父《おじ》が亡くなった時も、先生がその場に——」

「ああ。事故で亡くなっているところを城戸が発見したんですよね」と倉石さん。

「推理小説なら事故じゃなく事件で、城戸が犯人というところですが」

やや不謹慎なことを冗談めかした口調で言い、

「大丈夫です」わたしが調子を合わせる。「先生がそんなことをするはずがない、伯父が余命宣告をうけていたことをよく知っていたから——と紗央が言っていました」

「なるほど。その点はぼく自身にもあてはまりますね」倉石さんは同じ調子で言って

から、「だけど妹さんがそんなことを？」

「あの子は鋭いところがあって、名探偵を目指してるんです」

そんな話をしているうちに時間になり、わたしたちは席を立つ。

歩き出すと、ロビーの奥にたたずむ、流れるような白いドレスとタキシード姿のカップルが目にとまった。

「ああ、結婚式があったんですね」

招待客と談笑する二人を見ながら、倉石さんがさりげなく言い、

「素敵ですね」わたしもさりげなく応じる。

「誓いの言葉を言ったんですね。『病める時もすこやかなる時も』って」

最後のほうはひとりごとだったのだが、倉石さんの耳に入ったらしい。

「そういえば、さっき言ってた、結婚式の誓いの言葉」

二人で駅に向かって歩きながら、倉石さんが言う。

「牧師さんが言って、新郎新婦が同意するんですよね。かなり長い言葉だったと思いますが」

「ええ、そうですね」

「『誓います』と答えるのは最後に一度だけでしたっけ？　それとも、区切りごとに何度か？」

「最後に一度だけ——だと思います」

「ああ、そうですか。じゃあ楽でいいですね」

そんなことより、わたしには言ってほしい言葉があった。誓いでも何でもなく、もっと単純なひとこと。

もちろんわたしから言ってもかまわないのだが、言い出せないまま駅に着くと、

「それじゃ、また。近いうちに会いましょう」

「そうですね。また」

わたしが好きになる人は、たいてい少し冷たく、別れぎわはややそっけない。

だからこういう気持ちには慣れているのだけれど。

わたしたちはそのまま反対方向のホームへ別れていき、わたしはしばらく足を止めて、遠ざかるうしろ姿を見送っていた。


坂道をのぼって帰宅、玄関を入ると、おいしそうなにおいがわたしを迎える。

「お帰り、莉央ちゃん」紗央の声、「今日はロールキャベツにしたよ」

「お醬油《しょうゆ》のやつ？」

「そう」紗央は言うが、聞く前から答えはわかっている。

紗央がつくるロールキャベツは薄味のコンソメ仕立て、トマト味、お醬油味と三種

類あって、お醬油味のには少しだけとろみがついている。全部おいしいけれど、これに関しては、甘くてこくのあるお醬油味がわたしは一番好き。

「おいしそうだね。ありがとう」

「今日は寒いからね」

そう、寒い日に外から帰ってくるとてもありがたい。とはいえ仕事ではなくデートの帰りで、妹に夕食をつくって待っていてもらうのは何だか気がひけるが——

食卓につき、紗央といっしょにロールキャベツを食べる。前回倉石さんと会ってきた時の殺伐とした夕食とは大ちがい。

あの時の紗央はおかしかったが、今は今で、逆の意味で少しおかしいかもしれない。わたしに対して妙にやさしいというか、気をつかっているというか。

「今日はどうだった？　遊園地に行ったんだよね」

「うん」

「楽しかった？」

「うん」

たぶん小学校以来遊園地に行ったことなどない妹に、わたしはその日の出来事を話した。あまり有頂天に聞こえないよう気をつけながら。

遊園地の混みぐあい、わたしたちが乗った乗り物（観覧車での詳細は抜きにして）。

ホテルのラウンジでお茶を飲んだこと。

「ホテルのロビーに、花嫁さんと花婿さんがいたよ」

「ふうん」

「この前の話に出てきた、『病める時もすこやかなる時も』っていう言葉を思い出した。そしたら倉石さんが――」

倉石さんがわたしにたずねたことを紗央に話した。牧師さんの言葉に「誓います」と答えるのは最後に一度だけか、それとも途中も含めて何度もか。

「一度だけだと思います、と言ったら、そうなんですねって。何だろう、ちょっと安心したみたいに見えた」

紗央にその話をしたのは、自分でもどこか不思議に思っていたからだろう。どうして倉石さんはあんなことを言ったのか。

紗央は蒸したキャベツとひき肉をお箸《はし》の先で切りながら、黙ってわたしの話を聞いていたが、

「莉央ちゃん」わたしの顔をのぞきこみ、とてもやさしい声で、

「倉石さんのことが好き？」

わたしは一瞬不意をつかれたけれど、

「うん。好き」

そのあとはためらわず、倉石さんに言えなかった言葉を、紗央に向かって言った。

「そうだよね」紗央はうなずいて、「じゃあ、あの人のことは？」

「あの人？」

「税務署の人。三村さん」

ちょっとのあいだ答えることができずに黙っていると、

「あの人は、莉央ちゃんのことが好きだよ」

わたし自身もうすうす感じていたことを、紗央が念を押すように言った。どう応じるべきか、わたしは少し考えてから、

「三村さんのことも、きらいじゃない」正直に言う。「どっちかといえば好きかもしれない。だけど、倉石さんのことを『好き』っていう気持ちとはちがう」

「そうなんだね」

紗央はくちびるをひきしめ、まじめな顔でうなずくと、

「だけど」言葉をつづける。「きっと、三村さんのほうがいい人だよ」

本当なら怒ってもいい言葉だけれど、わたしは怒らなかった。

紗央の言う通りなのかもしれない、というよりたぶんそうだろう。その時ですら、そう思う気持ちがわたしの中にあったから。

「だとしても、わたしが好きなのは倉石さんなんだよ」

「そうか」と紗央。「それじゃしかたがないね」

「そう」

わたしは言って、お皿をテーブルの脇へ押しやり、話題を変えようとする。「あの人が言ってた話。うちの銭湯から出たところで突き飛ばされたっていう」

このことは三村さん当人から聞いたあと、紗央にも伝えたが、今ひとつくわしく検討してはいなかった。

仕事の合間で時間がなかったのだっけ。あるいは、わたしが話そうとしても、紗央がたまたま乗ってこなかったのか。

「それが本当なら」わたしはつづけて、「うちの銭湯のまわりで誰かが襲われたりするような事件が、この何か月かのあいだに三件も起こってることになるよね。擦り傷をつくっただけの人もいれば、死んでしまった人もいる――そのあと幽霊になって出てくるけど。指が二本なくなった人も――まあ正確には人じゃないし、指だって再生するというんだけど」

こんなぐあいなので、関係者たちの被害状況をまとめるのは、なかなかややこしい話になる。

「そんなふうに程度はばらばらだし、形もちがう。でも全部わたしたちの知ってる、この銭湯と関係のある人なんだよ」

「そこに三村さんを入れるの？」紗央がさえぎる。「関係のある人、っていうほどでもないんじゃない？」

「でも、ただのお客さんじゃなく、税務署の人だよ。経費の面から、ここが普通の銭湯じゃないことにうすうす気がついてる」

ただし考えがおかしなほうへ——犯罪組織がどうとか、突拍子もないほうへ行ってしまったみたいだけど。まあ実態のほうもじゅうぶんおかしい、「犯罪組織」以上に突拍子もない話なのかもしれないが。

ともかく、三村さんの件も含め、時系列で書き出してみることにした。

・伯父《おじ》の件（夏）
銭湯の屋根にかけた梯子《はしご》から落ち、首を折って亡くなった
屋根に引っかかった布を取ろうと手を伸ばした時、香水の香りに気を取られ、バランスを崩した
・三村さんの件（先々週末）
銭湯を出たところでうしろから突き飛ばされ、地面に倒れた
顔から着地、片側を擦り傷だらけにした

・南方グレンの件（先週はじめ）
出勤途中の道で、鉄のスキレットが頭上に落ちてきた
右手で頭を守り、指を二本失った

「こうして見ると」とわたし、「誰かがわざとやったと言い切れるのは、三村さんの件だけなんだよね」

深刻さでは一番大したことがない――被害者は転んだだけだし、そもそも本人が地面に手をついていれば、あんなに顔を傷だらけにすることもなかったのだ。

けれども事件性（というのだろうか）においては、一番高いことになる。

ほかの二つは、もっと深刻だけれど、事故という可能性がある。伯父さんの件は、誰かがそうなるようしくんだわけでもなく、ただ本人がうっかり落ちたのかもしれない。グレンの件は、誰かがうっかりスキレットを落としたのかもしれない。

とはいえ、これだけ重なると、それがありそうなことだとは考えにくくなってくるのだが――

「莉央ちゃん、おぼえてる？」紗央がまじめな顔で、「前にわたしが言ったこと。伯父さんの件とグレンの件は、両方とも『高いところ』が関係してるって」

たしかに、そう言っていたのをおぼえている。紗央はつづけて、

「事故じゃなく誰かがわざとやったとしたら、その誰かは高いところにのぼらなくちゃいけない。伯父さんの件では布を屋根に引っかけるために。グレンの件では、スキレットを落とすために」

「そういうことになるね」

「グレンのほうはいいんだよ。マンションの住人だとしたら自分のうちのベランダが使えるし、そうじゃなくてもあの道ぞいの高い木にのぼればどうにかなる。

でも、うちの銭湯の大屋根は？　都合よくたどりつける木なんてないよね？　あそこに何かを引っかけるには、伯父さんがしたように梯子をかけてのぼるしかないはず。しかも夜のあいだに」

紗央の言いたいことが何となくわかる。外部の人間にはかなりむずかしい話——敷地内に入らなければならないし、長い梯子を持ってこなくてはならない。

「ラジコンのヘリコプターとか、ドローンとか——」

「くわしいことは知らないけど」と紗央、「そういうのって、夜に飛ばすのはむずかしかったり、大きな音がするものなんじゃないの？」

わたしもくわしくは知らないが、何となくそんな気がする。

「まあ、何か方法があったんでしょう」わたしはしかたなく言った。「人間にはむずかしいのはたしかだけど、人間のしわざとはかぎらないんだから」

「まあ、そうなるね」

エレンの言う「彼ら」のほうでも、手先として使う魔物がいてもおかしくない――というより、互角に近い争いをしているなら、いないほうがおかしい。

「エレンはてのひらから水の鞭《むち》を出すそうだし、グレンなんかは鉄のスキレットを落とされて、指が欠けても平然としてる。

魔物っていうのがそういうもので、それが犯人だったら、さっきのことくらいどうにかなるんじゃないの」

「それはそうだけど」と紗央、「でも、動機が」

言いかけて、なぜかそこで口をつぐむ。

「動機？」わたしは腑《ふ》に落ちない気分で、『彼ら』にとってこの銭湯が目ざわりなら、オーナーの伯父さんをどうにかしようと思ってもおかしくないでしょう？」

「うん。まあ、そうだね」

「伯父さんの病気や、余命宣告を受けてるなんてことは知らなかったんだろうし」身寄りのない伯父は、ほぼ誰にもそんな話はしなかったはず。

「城戸先生や倉石さんくらいしか知らないことのはずで、だからこそ――」

そこまで言ってから、自分が何かを忘れているような思いにかられた。以前紗央とのあいだで話題にのぼったことがたしかあるのに、それを無視して話を進めている気がする。

何だっけ。すぐには思い出せず、紗央も指摘しないので、

「だけど」わたしは別のことを口にする。「伯父さんの事件や、グレンの事件の犯人は魔物でもおかしくないとして」

紗央の言う「高いところにのぼらなくちゃいけない」事件は、絨毯《じゅうたん》に乗って空を飛ぶなり、ロープを直立させてよじのぼるなりできる魔物のしわざだとして、

「やっぱり三村さんの事件はちょっと異質だよね。あまり魔物っぽくないというか」

だとしたら人間っぽいのだろうか？　内心でそう考えながら、

「もしかしたら、これは分けて考えたほうがいいのかな」

わたしが言うと、紗央は黙っている。

「別の犯人が、別の理由でしたことなのかも。そういえば、税務署の人って、仕事がらみで恨まれることもあるらしいし。

三村さんの件はそれが理由、というのもありそうだよね？　そう思わない？」

「うん、そうだね」

「その関係で三村さんを恨んでる人が、たまたま銭湯で鉢合わせして、帰りに待ち伏せしたのかもしれない」

「たしかにそうかも」

「まあ、本当をいうと、仕事の上でもそんなに恨まれそうなタイプには見えないんだけどね。押しも弱そうだし。紗央は一度ちょっと会っただけだろうけど」

わたしがそう言うと、紗央はくちびるをひきしめて黙っている。何となくようすがおかしい。

「何を考えてるの？」

「えっ？」

もう一度くり返すと、紗央はわたしの顔をつくづくと見てから、

「わたしが魔物じゃなくてよかったなと思って」

まじめな顔で言い、わたしはその意味をあとあとまで考えることになった。


実際、それからあとも、紗央のようすはおかしかった。

わたしに対しては、いつかのようにつんけんすることはなく、だいたいにおいてむしろやさしい。

新しいレシピを試した時も、「今ひとつだね」などと自分ひとりで断定するのではなく、「どう思う？」とわたしの意見をたずねたり。

落ち着いているかと思うと、夜いつになく遅くまで起きていたり、朝寝坊したり、ご飯を炊く時に焦がしたり。

食べることの好きな子なのに、食事をろくに食べなかったり、そうかと思うとお菓子をむやみと食べたり。

もし機会があれば、伯父《おじ》に相談したかもしれない。人生経験豊富な伯父は何らかの助言をくれた気がする。

けれどもしばらく伯父には会えない。閉店後の男湯の洗い場で、かすかに光を放つ姿と、くちびるの片端の上がる微笑を見ることはできないのだった。南方グレンの指が再生して、ボイラーから「火」をすくい取ってくることができるようになるまで、おそらく数週間くらいのあいだは。

とはいうものの、人生経験豊富な知り合いならほかにも手持ちがある。

そのことに気づいたのは、助言のほうがやってきた――わたしが求めたわけではなく、銭湯の営業中に向こうからとびこんできた時だった。

「そうそう、昨日、妹さんに会ったわよ」

永井さんが番台のわたしのところに近づいてくると、いつものごとく威厳を漂わせてそう言った。

「そうなんですか。どこで――」

「商店街の八百屋で」

「八百屋？」

人ぎらいの紗央は、買い物はなるべく会話の不要なスーパーですませる。ちょっとした野菜はプランターや裏庭で栽培するか、道端で採集するかで、商店街の八百屋へはめったに行かないのだけれど——

「大きなサングラスをかけていませんでしたか？」

やむをえず個人商店へ行く時は、帽子にサングラスという重装備で行くことになっているのだが、

「いいえ、サングラスじゃなくて、眼鏡だったわね。大きな眼鏡だし、伊達《だて》眼鏡なのもわかったけど」

警戒レベルをひとつ落としているようだ。世間への不安を感じなくなったのか、または、不安はそのままでも、意図的にそれに挑戦しようとしているのか。

「それでも目立つ子だから、つくづくながめて、ああ、『嵐の湯』の妹さんだって。何となく元気がない感じだったから、『お茶でもどう？』と誘って、二人で喫茶店に入ったのよ」

「そんなことがあったんですか」

わたしはびっくりする。紗央はひとこともそんな話はしなかった。

永井さんはかつてうちに来てくれていた、紗央にとっては母がわりの家政婦さんと

ちょっと似たところがある。親切だけど強引なところも。

　そんな人に誘われて断りづらかったのかもしれないし、紗央自身がいっしょにお茶を飲みたくて、進んでついていったのかもしれない。

「前にいっしょにお風呂《ふろ》に入ってから、あの子のことが気になっていたからね」と永井さん。

「すみません。気にかけていただいて」

「ああいう子は、もちろん無理に引っ張り出すようなのはよくないけど、少し手を添えて表に出るようにしてあげるのがいいこともあるから」

「ありがとうございます」わたしは心から言った。

「だけど」と永井さん、「前に話した時とは、ちょっと感じが変わったわね」

「実は、わたしもそう思うんです」わたしは勢いこんでうなずく。

「これまでようすが変だと思う時は、たいてい不機嫌になっていたんですけど、今度はそうじゃなくて、覇気がないというか。手さぐりで新しいことをはじめようとするんですが、そのたびに立ちどまって、『このやり方でいいのかな』と考えるみたいな。

　これをしたら、相手にどう思われるのか、とか。こんな言い方をすると、これまではそういう発想がぜんぜんなかったみたいだし、もしかしたら本当にそうかもしれないんですが――」

「あのね」

永井さんは思わせぶりに声をひそめ、わたしのほうへ身を乗り出して、

「そういうのは、好きな人ができたからなんじゃないの」

わたしはその午後のあいだじゅう、永井さんのこの言葉に衝撃を受けていた。

言われてみればたしかにそう、そんなふうに見えるということに。

しかし、紗央は十九歳なのである。十五歳にしか見えないとしても。そして本物の十五歳ですら、好きな人くらいいてもおかしくない。

もちろん驚くような話ではないのだが、問題はこういうことだ。

紗央の日ごろの生活で、好きになるような相手に出会う機会があっただろうか。

もちろん、紗央の行動のすべてをわたしが把握しているわけではない。現に永井さんと喫茶店に入ったことだって知らなかったわけだし。

わたしが銭湯にいるあいだに、知らないところで知らない人に出会い、好きになっていてもおかしくない。そんなことはあり得ないという気がするだけで。

紗央の「好きな人」は、おそらく男性だろう。これまで女の人のほうになついていたとはいえ、恋愛感情を抱いているように見えたことはない。

そして、わたしの知っている範囲で、紗央が好意的な評価をした男の人がひとりだ

けいる。

けれどもその人とは、たった一度しか会っていない——それもちらっと顔を見た程度のはず。

世の中に一目惚《ひとめぼ》れというのはあるけれど、わたしが思っている相手だとしたら、一目惚れをされるようなタイプではない。

本当にその人なのだろうか。そして、その人とは「一度しか会っていない」はずだとわたしが言った時の言葉、

「わたしが魔物じゃなくてよかった」

あれはいったいどういう意味なのだろう。


そんな中、倉石さんから数日ぶりに連絡がある。午前中に小島さんの家に行くので、そのあといつもの喫茶店で会おうとのこと。

「じゃ、わたしはひさしぶりにエレンのところに行こうかな」

紗央はそう言ってテレビを消す。ニュースを見ていたところだった——お金持ちの夫の変死について関与を疑われていた女性が、ついに逮捕されたという。

紗央は名探偵を目指すだけあって、事件関係のニュースはよく見るが、この手のはやや苦手かもしれない。わたしといっしょに家を出ながら、

「やっぱりああいう事件って、女の人が男の人を――というのが多いのかな」

「逆もあるはずだよ」わたしは思い出しながら言った。「前に伯父さんが言ってた。男が女の人を食い物にするのはたくさん見た、そういうつもりで近づいていく時はすぐわかる――って」

わたしがそう言った時、紗央はすでに銭湯の裏口から中へ入ってゆくところ、わたしのほうは「じゃあね」と言って、そのまま建物の横手を抜けていった。

表のほうへ回り、道に出ようとすると、表のガラス戸ががたがたと音をたてたのでびっくりする。

その戸が開き、中から紗央が飛び出してくる。どうしたというのか、銭湯の建物を走り抜け、はだしのまま外に出てきたのだ。わたしに向かって手を大きく振り、

「莉央ちゃん、待って」

ただならぬ口調に、わたしは足を止めたが、同時に何かが風を切る気配を感じ、

「あぶない」

紗央を地面に押し倒し、その上に体を投げ出して覆いかぶさる。

そして、衝撃を待った。ついさっき紗央の上に落ちてこようとした何かが、わたしの背中か腰にぶつかり、骨を砕くか肉を裂くかするはずだった。

けれども、何も起きない。

数秒たって顔を上げかけた時、背中の上に何かが落ちてきた。想像したのとぜんぜんちがう、「ぽとん」という鈍い衝撃。

体を起こし、かたわらに落ちたものを拾う。こぶしほどのごつごつした石、それが全体に濡《ぬ》れている。

銭湯の入口に南方エレンが、すらりと伸びた脚を肩幅に開いて立ち、てのひらから水の鞭《むち》をくりだしていた。きらきらと弧を描くそれは今は空に向かっているが、さっきまでわたしの体の上で、落ちてくる石を受け止めていたのだとわかる。

そして今、その鞭の向かう先に一羽の鳥がはばたいていて、どうにか逃げ去ろうとしている。

大きな鳥、見たこともない鳥だった。

けれどもはじめてではないような気がわたしにはした——そんな鳥の話を聞いたことがあったから。

全体が暗い紫のような灰色、そして目が燃えるように赤い。

賢そうなひたいの陰になる目元を人間のようにひそめ、今にも言葉を発しそうにくちばしの付け根をゆがめて、退路をふさぐ水の鞭に怒りをあらわにしていたが、エレンが体勢をととのえるわずかな隙をついて巧みに上にのがれ、そのまま雑木林のあいだへ姿を消した。

水の鞭は蛇のようにうねりながらエレンのてのひらの中におさまり、わたしはしばらく止めていた息を吐き出しながら、まちがいない、と思う。

あれは、倉石さんの夢に出てくる鳥だった。

伯父が夢でエレンやグレンの創造主と会い、その言葉を聞いたように、倉石さんは夢であの鳥と会い、そしておそらく、あの鳥の言葉を聞いていたのだ。


「伯父さんのことは、あの鳥のしわざだったんだね。それから倉石さんの」

臨時休業になった「嵐の湯」の待合室で、床に脚を投げ出してすわり、わたしが紗央にそう言った。

あれから倉石さんの携帯は通じず、待ち合わせた喫茶店にも、そんな人は来ていないということだった。

城戸先生の話では、少し前にいきなり、しばらく休むと連絡があったとのこと。実家で急用ができたと一方的に言い、それきり電話もメールも通じなくなった。

途中になっている仕事がいくつもあり、やむなく伝言を頼むつもりで実家に連絡すると、まったく無関係な家だった。事務所に電話したわたしに、困惑のあまりにだろう、先生はそんなことまで話したのだった。

そう、倉石さんは逃げ出したのだ。あの鳥と手を組んでするはずだったことが失敗したから。

伯父が死んだいきさつも、鳥が命令したのか、倉石さんのほうが持ちかけたのかはわからないが、いっしょになって仕組んだことにちがいない。

夜のあいだに銭湯の大屋根に白い布をからみつかせ、翌朝気づいた伯父が梯子《はしご》にのぼるようにしむけた。

そして布に向かって手を伸ばし、体が不安定になったところをみはからって、思い出の香水の香りをたちのぼらせた。城戸先生が名前を言うのをそばで聞いていたから、しようと思えば手に入れることができたのだ。

「でも、なぜ？　伯父さんが余命宣告を受けていることも知っていたのに、どうしてわざわざ？」

「莉央ちゃんのためだよ」

と紗央。同じように脚を投げ出して、二人で番台に背中をもたせかけていた。

「わたしの？」

「さっき言ってた、伯父さんの自慢話。『女を食い物にしようとして近づく男はすぐにわかる』っていうやつ。それも伯父さんが城戸先生に話して、倉石さんは隣で聞いていたんだと思う。

それを聞いたから、伯父さんをわたしたちに会わせるわけにはいかないと思った。

その前に殺してしまおうって。自分が莉央ちゃんに近づくのを邪魔されるかもしれないから——」

ゆっくりと、紗央の言いたいことがわかってきた。もしかしたらもっと前からうすうすわかっていたのかもしれないけれど。

倉石さんという人物は、強いられたか自分から望んだのかはわからないが、エレンたちと対抗する側の魔物に協力を誓い、たぶん何らかの報酬を約束されていた。

持ち前の魅力で「嵐の湯」を引き継ぐ姉妹のどちらか、年齢的におそらく姉のほうを籠絡《ろうらく》する計画をたてていた。

ゆくゆくは結婚にまで持ちこみ、そのあとわたしを操る形で「嵐の湯」を乗っ取る、または骨抜きにしようとたくらんでいた。何しろ、グレンやエレンは、わたしが「死ね」と言えば死んでしまうというのだから。

「伯父さんを殺せば終わりと思っていたんでしょう」と紗央。「そのあとも伯父さんがここへ来ていることは知らずに。だけど——」

「わたしが喫茶店で口をすべらせたせいで」銭湯をつづけるのは伯父も望んでいること、と言ったのだ。「伯父さんと会っているのがわかって、それをやめさせなくちゃと思ったんだね」

もしかしたらと思い当たる節があり、顧客である小島さんに探りを入れて、グレンが伯父を呼び出していること、彼を傷つければそれをやめさせられることを推測したのだろう。倉石さんとあの鳥のどちらが言い出したのかはわからない。そんな区別に意味がないほど、一心同体の関係なのかもしれない。

「まず伯父さんを殺し、次にその幽霊を呼び出すのをやめさせるためにグレンの指を砕き」わたしは言う。「そして、今度は紗央のことを」

紗央を襲ったのは、遊園地の帰りにわたしが言った言葉がきっかけだった。あの子は鋭いところがあって、名探偵を目指しているんです、という。

それで、今度は紗央が標的になったのだ。伯父を排除したのと同じ理由で、紗央を排除しなくてはならなくなった。

「その全部が、わたしのためだなんて」わたしはどうしようもない気分で言った。

「それも、わたしのことが好きだからじゃなくて」

「好きというのも、あったかもしれないよ」

紗央はそう言い、たしかに紗央は変わったとわたしは思う。

以前はそんな嘘をつく（やさしい）子ではなかったのに。

それが嘘なのをわたしは知っている。倉石さんがわたしのことを、どんな時にも、愛したり、敬ったり、慰めたり、助けたり、真心を尽くしたりするつもりなどさらさらなかったことを。

そうするかと牧師さんにたずねられれば、「はい」と答えただろう。

でもその質問が一度だけで、答えも一度ですむということに安堵《あんど》していたのだ。

魔物ではなく人間でも、嘘をたくさんつくのは気の重いことだから。

「紗央は、『わたしが魔物でなくてよかった』と言ったよね」

わたしが紗央にたずねる。今度はわたしが謎解きをする番かもしれない。

「三村さんには一度会っただけだよね？　とわたしがたずねた時」

「うん、言った」

たとえ気が重くても、自分を守るために嘘が必要な時は、もちろん回数がかぎられていないほうがいい。

魔物でなくてよかったとはそういう意味で、つまり、紗央が三村さんに会ったのは一度だけではない。

「もう一度会っていて、それはあの時だよね？　三村さんが突き飛ばされた時。暗がりで三村さんを待ち伏せしていたのは紗央だったんだね」

その時しかありえないのは確信していた。つまり三村さんを突き飛ばしたのは紗央。

けれども、どうして紗央が、というのがいくら考えてもわからない。

「どうしてそんなことを？」

わたしがたずねると紗央は、子犬のような目元をひそめ、水に飛びこむみたいに息を大きく吸って、

「あの人が莉央ちゃんを好きだったから。話を聞いてそのことがわかったたし、面白そうな人だとも思ったし、顔を見たら悪い人じゃないのもわかって、莉央ちゃんとうまくいってほしいと思ったから」

一気に言うのを聞いても、わたしにはわけがわからない。

「そうだとして、それで――」

「でも、このままだと、いつかはあの人が莉央ちゃんを困らせることになると思ったから、もっといい形にしたかった」

わたしは紗央との会話を思い出す。友情のほうが恋愛より上等――と言いきった紗央にとって、「いい形」の男女関係とは、肉体的な要素がまったく介在しないものらしいことは想像がつく。

「あの人が伯父さんみたいになれば、そういう形にできると思ったんだよ」

一瞬わたしには紗央の言う意味がわからず、わかった時には心底驚いた。

三村さんが夜道に倒れて――この銭湯のすぐ前で、頭をひどく打つとかして死んでしまえば、伯父のような存在になれる。

南方グレンに呼び出してもらって、都合のいい時だけ会える――肉体を持たず、そ

れにまつわることを要求しない存在となって、気の合う話し相手でいることができる。

紗央はそんなことを考えていたというのだ。

おそらく、わたしのためを思って。

どうしても「恋人」と呼べる男性が欲しいらしい姉に、理想的な相手を提供するつもりで。

もちろん、実現はしないだろう。紗央が突き飛ばしたからといって、大人の男がそれで死ぬとは思えない。よほど運悪く、さまざまな偶然が重ならないかぎり。

紗央自身も、本当はそのことがわかっていたはず。

よくわかりながら、本人にとっては大事なその妄想を心に抱いて、暗がりで忍びより、三村さんの背中を押した。

「だけど」わたしはまだ茫然《ぼうぜん》として、「そんなのはおかしいよ」

「わかってる」と紗央。「今は」

「今は?」

「突き飛ばすまではわかっていなかった——だからこそ突き飛ばしたんだけど、でも、そのあと」

「そのあと?」

紗央はくちびるを固く結び、えくぼのような、でもそれとは意味合いのまったくち

がうくぼみを頬に刻んで、しばらくのあいだ黙っていたが、

「莉央ちゃん、あの人のあの顔を見たんだよね」唐突に言う。「擦り傷だらけのひどい顔」

「うん――」

「どうしてそういう顔になったかわかる？」

「それは、倒れる時に手をつかなかったからでしょう」

「あの人だってそうしようとした、手を前に出したんだよ。だけどその手を引っこめて、顔から落ちた」

「えっ？　どうしてわざわざ？」

「手をつこうとした、ちょうどそこのところに、小さなトカゲがいたんだよ。まだ子供で、背中に縞があって、尻尾のところが青い。

あの人が倒れたあと、トカゲがゆっくり歩き出して、そのことがわかった。街灯の光に、青い尻尾が光ってた。

その時に思ったの。この人はすごいって」

たしかに、それは、ちょっとすごいことかもしれない。

「胸がどきどきした？」とわたし。

「うん」と紗央。

「奥のほうがきゅんとした？」

「うん」

「好きになったんだ」

「そう」

わたしは三村さんのことを考えた。突き飛ばされて顔面から倒れこむせつなに、小さなトカゲのために手をひっこめた人のことを。

ちょっと三村さんを見直すような気持ちになったが、そんなわたしの顔を紗央が横目で見て、

「三村さんのことを好きになった？」

「ううん」とわたし。「つまり、そういう意味ではね。友達としては好きかもしれない」

その言葉に嘘はない。わたしの「見た目のいい人好き」は、少々のことでは治りそうにないから。

よくよくのばかだ、と自分のことを思う。けれども今日のところは、そのことをよかったと心から思うのだ。

わたしたちはそろって床に脚を投げ出し、背中を番台にもたせかけてぐったりしていた。

好きだった人が、会う前から自分を利用するつもりで、そのために伯父《おじ》の命まで奪

ったのを知ったわたしと。

はじめて好きになった人が、自分ではなく姉のことを好きだと知っている紗央と。ただしこちらのほうは、今はそうだというだけで、これからどうなるかはわからない。何しろ紗央は、その人の前に姿をあらわしてすらいないのだから。

そして、倉石さんの正体については、わたしもひとつの妄想を心に抱いていた。

三村さんがわたしの理想の恋人になると思った紗央のように、初恋の人が会いに来てくれたと思う伯父のように、事実ではないのをよくわかりながら、ある考えを胸の中に育てていた。

倉石さんは魔物と結託した詐欺師のたぐいではなく、あの人自身が魔物だったのかもしれない。

あの鳥は倉石さんそのもの、彼が変身した姿なのだと。

与えられたミッションに失敗し、遠くへ帰るために、今ごろは海の上を飛んでいる。

彼が決して上着を脱がなかったのは、たたんだ翼を隠していたからだと。

紗央とわたしが、それぞれ床を見つめてため息をついたところで、その床に影がさす。

「今日はお休みにしましたが、グレンに言うのが遅くなって、お湯は沸かしてしまったんですよ」エレンが言う。

「せっかくですから、いつかのように、二人でお入りになってはどうですか」

後日談をいくつか。

ある晩のこと、紗央の好きなテレビ番組「ミラクル不思議ワールド」を二人で見ていたら、最後の話題で、太平洋上の謎の死体というのをやっていた。

見渡すかぎりの海原で漁船に発見されたその死体は成人男性のもので、雷に打たれたように火傷《やけど》をし、高いところから落ちたように骨が折れていた。

陸地からずっと離れているのに、そう長いあいだ漂っていたふうでもなく、あたかも上空からそこに落ちてきて、海面にぶつかったかのように見えたという。

それだけでも奇妙な話だが、さらに異様なことには、その死体の背中に、ほとんど焼け焦げた翼のようなものがわずかに残っていたという。

気味が悪いので、一度は引き上げた死体を海に捨てた——漁師たちはそう言っていて、たいていの人は彼らのつくり話と思っているらしい。

ただしまだ少年の新米漁師がこっそり撮った、ひどく画質の悪い写真が一枚だけ残っていて、うつ伏せの背中に、たしかに翼の付け根めいたものが見てとれるというのだ。

紗央もわたしも何も言わず、おたがい同じことを考えているのに気づきながら、番組のエンディングテーマを流すテレビを消した。

南方グレンの指は本当に再生し、三週間ほどたつころには、そろそろ伯父を呼び出すこともできそうだとエレンを通じて言ってきた。

ひさびさに会う伯父のために何かしたいとわたしは思い、サプライズを考えた。例の香水を探し出して買い、伯父に思い出の香りを嗅《か》いでもらう――今度は梯子《はしご》から落ちる心配もなしに。

そのつもりで城戸先生に名前を教えてもらったが、ネットショップで検索すると、わたしがお小遣いで買うには少々高額だとわかった。また考えてみると、幽霊に香りを嗅ぐことができるかどうかも心もとなかった。どうしようと迷いながら、スマートフォンの画面で、きれいな青に銀と黒の縞《しま》をあしらった箱をながめていたのだ。

「あら、『リヴ・ゴーシュ』ね。サンローランの」

「えっ？」

わたしは顔をあげる。いつものように洗面器の風呂敷《ふろしき》包みを抱えた橘さんが、番台にすわるわたしの手元をのぞきこんでいた。

「なつかしいわ、昔、うちの主人が海外出張のお土産にこれを買ってきてくれたのよ。結婚する前の話ね」

真白なおかっぱの髪を揺らしながら、

「うれしかったわ、箱もきれいだし、とっても素敵な香りだった。それから大事に少しずつ使って、なくなったあと買ったことはないけど、こんなにするのね」

「あの――」

そういえば、橘さんは昔、学校の先生をしていたのではなかったか。

「もしかして、橘さん、うちの伯父のことを前からご存じだったんじゃ？　伯父のいた高校で先生をしていらしたんじゃないですか？」

「あら、どうしてわかったの？」ちょっと驚いたように、風呂敷包みを抱え直す。

「わたしのほうは結婚以来こちらに住んでいたんだけど、あの人がここへ来た時はすぐにわかった。おおぜいいた生徒の中で、どこか印象に残る子だったんでしょうね。

でも、砂田さんのほうはわたしに気づいていなかったと思うけど」

「気づいてなかった、と思います。素敵な先生がいたという話はしていましたけど。いいえ、わたしが直接聞いたわけじゃなく、その――」

橘さんは晴れやかにほほえむ――この人のこんな表情を見るのははじめて。

「まあ、男の人は自分の見たいものを見るし」余裕のある口ぶりで、「若いころのわたしをおぼえていたとしても、こんなおばあさんとは結びつかなかったんでしょう。このことは、ほかの人には内緒よ。何しろあの人のファンはいろいろとうるさいから」

紗央の話に出てきた女子中学生のようなことを言って、のれんをくぐっていったのだった。


さて、そういうわけで、対抗勢力による計画はあえなくつぶれ、「嵐の湯」はつつがなく営業している。

従業員は流れるように優雅な歩きぶりのエレンと、ごつごつした岩のような体のグレンの南方兄妹《きょうだい》。

人件費が安いのは二人とも魔物だからだが、そのことを大っぴらに言うわけにはいかないので、常連客でもある税務署員に目をつけられている。

こちらはちょっと変わった人だが、なかなか悪くない人でもあって、わたしとしては妹と仲良くなってくれたらいいと思っている。

そのわたしと妹がオーナーで、わたしは番台をつとめ、妹は姿こそ見せないけれど、実は彼女なりに常連客たちに貢献している。

お風呂は温泉でもない普通のお湯だが、沸かしている火に秘密があるのか、ほんのちょっとだけ、ほかの銭湯よりよけいに体が温まるかもしれない。

開店後すぐ、常連のお年寄りたちに囲まれるのも楽しいが、相談ごとを抱えている場合は、空いている午後遅くに番台に声をかけるのもおすすめ。

オカルトっぽいことが好きなら、定休日前の月曜の夜、閉店ぎりぎりに来て、帰り道から引き返してのぞいてみると、何かに出会えるかもしれない——

そういったもろもろに、五百円玉一枚でお釣りがくるのだ。

ぜひ、あなたもどうぞ。内気な魔物の従業員や姿を見せないオーナー、もしかしたら幽霊さえ、内心で声を合わせて歓迎します。

嵐の湯へようこそ！

本書は書き下ろしです。

嵐《あらし》の湯《ゆ》へようこそ！

松尾由美《まつおゆみ》

令和３年 12月25日　初版発行

発行者●堀内大示

発行●株式会社KADOKAWA
〒102-8177　東京都千代田区富士見2-13-3
電話　0570-002-301（ナビダイヤル）

角川文庫 22953

印刷所●株式会社暁印刷
製本所●本間製本株式会社

表紙画●和田三造

ISBN 978-4-04-111781-1　C0193

角川文庫発刊に際して

角　川　源　義

第二次世界大戦の敗北は、軍事力の敗北であった以上に、私たちの若い文化力の敗退であった。私たちの文化が戦争に対して如何に無力であり、単なるあだ花に過ぎなかったかを、私たちは身を以て体験し痛感した。西洋近代文化の摂取にとって、明治以後八十年の歳月は決して短かすぎたとは言えない。にもかかわらず、近代文化の伝統を確立し、自由な批判と柔軟な良識に富む文化層として自らを形成することに私たちは失敗して来た。そしてこれは、各層への文化の普及滲透を任務とする出版人の責任でもあった。

一九四五年以来、私たちは再び振出しに戻り、第一歩から踏み出すことを余儀なくされた。これは大きな不幸ではあるが、反面、これまでの混沌・未熟・歪曲の中にあった我が国の文化に秩序と確たる基礎を齎らすためには絶好の機会でもある。角川書店は、このような祖国の文化的危機にあたり、微力をも顧みず再建の礎石たるべき抱負と決意とをもって出発したが、ここに創立以来の念願を果すべく角川文庫を発刊する。これまで刊行されたあらゆる全集叢書文庫類の長所と短所とを検討し、古今東西の不朽の典籍を、良心的編集のもとに、廉価に、そして書架にふさわしい美本として、多くのひとびとに提供しようとする。しかし私たちは徒らに百科全書的な知識のジレッタントを作ることを目的とせず、あくまで祖国の文化に秩序と再建への道を示し、この文庫を角川書店の栄ある事業として、今後永久に継続発展せしめ、学芸と教養との殿堂として大成せんことを期したい。多くの読書子の愛情ある忠言と支持とによって、この希望と抱負とを完遂せしめられんことを願う。

一九四九年五月三日